WENN DER CHRISTBAUM BRENNT

Wenn der Christbaum brennt

und andere heitere Weihnachtskatastrophen

Ausgewählt von
Brigitte Sinhuber

nymphenburger

3. Auflage

Umschlag: Jutta Weitze
nach einer Zeichnung von Josef Blaumeiser
Satz: Fotosatz-Service Weihrauch, Würzburg
Gesetzt aus: 10/12 p Times System Berthold
Druck und Binden: Wiener Verlag, Himberg
Printed in Austria 1992
ISBN 3-485-00620-3

Inhalt

EPHRAIM KISHON

Vertrauen gegen Vertrauen

Damit Klarheit herrscht: Geld spielt bei uns keine Rolle, solange wir noch Kredit haben. Die Frage ist, was wir einander zu unserem Weihnachtsfest, dem Passahfest, schenken sollen. Wir beginnen immer schon Monate vorher an Schlaflosigkeit zu leiden. Der Plunderkasten »Zur weiteren Verwendung« kommt ja für uns selbst nicht in Betracht. Es ist ein fürchterliches Problem.

Vor drei Jahren, zum Beispiel, schenkte mir meine Frau eine komplette Fechtausrüstung und bekam von mir eine zauberhafte Stehlampe. Ich fechte nicht.

Vor zwei Jahren verfiel meine Frau auf eine Schreibtischgarnitur aus karrarischem Marmor - samt Briefbeschwerer, Brieföffner, Briefhalter und Briefmappe -, während ich sie mit einer zauberhaften Stehlampe überraschte. Ich schreibe keine Briefe.

Voriges Jahr erreichte die Krise ihren Höhepunkt, als ich meine Frau mit einer zauberhaften Stehlampe bedachte und sie mich mit einer persischen Wasserpfeife. Ich rauche nicht.

Heuer trieb uns die Suche nach passenden Geschenken beinahe in den Wahnsinn. Was sollten wir einander noch kaufen? Gute Freunde informierten mich, daß sie meine Frau in lebhaftem Gespräch mit einem Grundstücksma-

kler gesehen hätten. Wir haben ein gemeinsames Bankkonto, für das meine Frau auch allein zeichnungsberechtigt ist. Erbleichend nahm ich sie zur Seite:
»Liebling, das muß aufhören. Geschenke sollen Freude machen, aber keine Qual. Deshalb werden wir uns nie mehr den Kopf darüber zerbrechen, was wir einander schenken sollen. Ich sehe keinen Zusammenhang zwischen einem Feiertag und einem schottischen Kilt, den ich außerdem niemals tragen würde. Wir müssen vernünftig sein, wie es sich für Menschen unseres Intelligenzniveaus geziemt. Laß uns jetzt ein für allemal schwören, daß wir einander keine Geschenke mehr machen werden!«
Meine Frau fiel mir um den Hals und näßte ihn mit Tränen der Dankbarkeit. Auch sie hatte an eine solche Lösung gedacht und hatte nur nicht gewagt, sie vorzuschlagen. Jetzt war das Problem für alle Zeiten gelöst. Gott sei Dank.
Am nächsten Tag fiel mir ein, daß ich meiner Frau zum bevorstehenden Fest doch etwas kaufen müßte. Als erstes dachte ich an eine zauberhafte Stehlampe, kam aber wieder davon ab, weil unsere Wohnung durch elf zauberhafte Stehlampen nun schon hinlänglich beleuchtet ist. Außer zauberhaften Stehlampen wüßte ich aber für meine Frau nichts Passendes, oder höchstens ein Brillantdiadem - das einzige, was ihr noch fehlt. Einem Zeitungsinserat entnahm ich die derzeit gängigen Preise und ließ auch diesen Gedanken wieder fallen.
Zehn Tage vor dem festlichen Datum ertappte ich meine Frau, wie sie ein enormes Paket in unsere Wohnung schleppte. Ich zwang sie, es auf der Stelle zu öffnen. Es enthielt pulverisierte Milch. Ich öffnete jede Dose und untersuchte den Inhalt mit Hilfe eines Siebs auf Manschettenknöpfe, Krawattennadeln und ähnliche Fremdkörper.

Ich fand nichts. Trotzdem eilte ich am nächsten Morgen, von unguten Ahnungen erfüllt, zur Bank. Tatsächlich: meine Frau hatte 260 Pfund von unserem Konto abgehoben, auf dem jetzt nur noch 80 Aguroth verblieben, die ich sofort abhob. Heißer Zorn überkam mich. Ganz wie du willst, fluchte ich in mich hinein. Dann kaufe ich dir also den Astrachanpelz, der uns ruinieren wird. Dann beginne ich jetzt Schulden zu machen, zu trinken und Kokain zu schnupfen. Ganz wie du willst.
Gerade als ich nach Hause kam, schlich meine Frau abermals mit einem riesigen Paket, sich durch die Hintertür ein. Ich stürzte auf sie zu, entwand ihr das Paket und riß es auf - natürlich. Herrenhemden. Eine Schere ergreifen und die Hemden zu Konfetti zerschneiden, war eins.
»Da - da -!« stieß ich keuchend hervor. »Ich werde dich lehren, feierliche Schwüre zu brechen!«
Meine Frau, die soeben meine Hemden aus der Wäscherei geholt hatte, versuchte einzulenken. »Wir sind erwachsene Menschen von hohem Intelligenzniveau«, behauptete sie. »Wir müssen Vertrauen zueinander haben. Sonst ist es mit unserem Eheleben vorbei.«
Ich brachte die Rede auf die abgehobenen 260 Pfund. Damit hätte sie ihre Schulden beim Friseur bezahlt, sagte sie. Einigermaßen betreten brach ich das Gespräch ab. Wie schändlich von mir, meine kluge Frau, die beste Ehefrau von allen, so völlig grundlos zu verdächtigen.
Das Leben kehrte wieder in seine normalen Bahnen zurück.
Im Schuhgeschäft sagte man mir, daß man die gewünschten Schlangenlederschuhe für meine Frau ohne Kenntnis der Fußmaße nicht anfertigen könne, und ich sollte ein Paar alte Schuhe als Muster bringen.

Als ich mich mit dem Musterpaar unterm Arm aus dem Haustor drückte, sprang meine Frau, die dort auf der Lauer lag, mich hinterrücks an. Eine erregte Szene folgte.
»Du charakterloses Monstrum!« sagte meine Frau. »Zuerst wirfst du mir vor, daß ich mich nicht an unsere Abmachung halte, und dann brichst du sie selber! Wahrscheinlich würdest du mir auch noch Vorwürfe machen, weil ich dir nichts geschenkt habe . . .«
So konnte es nicht weitergehen. Wir erneuerten unseren Eid. Im hellen Schein der elf zauberhaften Stehlampen schworen wir uns zu, bestimmt und endgültig keine Geschenke zu kaufen. Zum erstenmal seit Monaten zog Ruhe in meine Seele ein.
Am nächsten Morgen folgte ich meiner Frau heimlich auf ihrem Weg nach Jaffa und war sehr erleichtert, als ich sie ein Spezialgeschäft für Damenstrümpfe betreten sah. Fröhlich pfeifend kehrte ich nach Hause zurück. Das Fest stand bevor und es würde keine Überraschung geben. Endlich!
Auf dem Heimweg machte ich einen kurzen Besuch bei einem mir befreundeten Antiquitätenhändler und kaufte eine kleine chinesische Vase aus der Ming-Periode. Das Schicksal wollte es anders. Warum müssen die Autobusfahrer auch immer so unvermittelt stoppen. Ich versuchte die Scherben zusammenzuleimen, aber das klappte nicht recht. Um so besser. Wenigstens kann mich meine Frau keines Vertragsbruches zeihen.
Meine Frau empfing mich im Speisezimmer, festlich gekleidet und mit glückstrahlendem Gesicht. Auf dem großen Speisezimmertisch sah ich geschmackvoll arrangiert, einen neuen elektrischen Rasierapparat, drei Kugelschreiber, ein Schreibmaschinenfutteral aus Ziegenleder,

eine Schachtel Skiwachs, einen Kanarienvogel komplett mit Käfig, eine Brieftasche, eine zauberhafte Stehlampe, einen Radiergummi und ein Koffergrammophon (das sie bei dem alten Strumpfhändler in Jaffa unter der Hand gekauft hatte).

Ich stand wie gelähmt und brachte kein Wort hervor. Meine Frau starrte mich ungläubig an. Sie konnte es nicht fassen, daß ich mit leeren Händen gekommen war. Dann brach sie in konvulsivisches Schluchzen aus:

»Also so einer bist du. So behandelst du mich. Einmal in der Zeit könntest du mir eine kleine Freude machen – aber das fällt dir ja gar nicht ein. Pfui, pfui, pfui. Geh mir aus den Augen. Ich will dich nie wieder sehen . . .«

Erst als sie geendet hatte, griff ich in die Tasche und zog die goldene Armbanduhr mit den Saphiren hervor.

Kleiner, dummer Liebling.

Herbert Rosendorfer

Der Weihnachtsdackel

Der 24. Dezember war in jenem Jahr, an das Besenrieders zeit ihres Lebens nur mit Schaudern zurückdenken, ein Freitag. Strenggenommen hatte Günther Besenrieder - ein durch nichts sich von anderen Beamten unterscheidender Oberinspektor beim städtischen Eichamt - am Vormittag noch Dienst, aber das war kein echter Dienst, denn erstens: wer kommt am 24. Dezember ins Eichamt? Und zweitens: der Amtmann Grünauer hatte eine Bowle und Plätzchen von daheim mitgebracht und verfügte die Abhaltung einer Weihnachtsfeier. Jeder versuchte einen höflichen Schluck der von Frau Amtmann Grünauer liebevoll zubereiteten Bowle und besorgte sich dann heimlich ein Bier. Grünauer war beleidigt, als er die Bowle wieder mit heim nehmen mußte, und wünschte nur: »Schönes Wochenende!« und nicht »Frohe Feiertage!«

Bei dem nachtragenden Amtmann verhieß das für das Betriebsklima der nächsten Woche nichts Gutes, aber das war das wenigste an den Turbulenzen dieser Tage, vor allem weil Besenrieder - was er naheliegender Weise noch nicht ahnte - nicht Gelegenheit hatte, an der grantigen Woche Grünauers zwischen den Weihnachtsfeiertagen und Silvester teilzunehmen. »Ich hätte Grünauers Grant gern in Kauf genommen, wenn ich das alles nicht hätte erleben müssen«, sagte Besenrieder später oft.

Gegen zwei Uhr kam Besenrieder heim. Frau Besenrieder hatte ihn um zwölf Uhr erwartet. »Und zwar nüchtern!« sagte sie und fügte einen größeren Schwall Wörter hinzu: wie er sich das denke, ob sie alles allein machen solle, daß noch kein Baum geschmückt sei, daß man noch auf den Friedhof und zu den Eltern fahren müsse, und daß die Kinder seit dem Aufwachen unausstehlich seien und das erste Mal kurz nach acht Uhr gefragt hätten, wann endlich das Christkind käme.

Besenrieder stellte seine Aktentasche auf das Vertiko im Flur.

»Du sollst nicht immer die Aktentasche auf das Vertiko stellen«, schrie Frau Besenrieder, »daß du dir das nicht merken kannst.«

Der kleinere Besenrieder-Knabe schaute aus dem Kinderzimmer und krächzte: »Kommt jetzt das Christkind?«

Besenrieder stellte die Aktentasche unter das Vertiko und sagte: »Es hilft nichts: ich muß noch einmal fort. Dein Weihnachtsgeschenk . . .«

Frau Besenrieder stieß einen Schrei aus, heulte: »Ich werde wahnsinnig!« und rekapitulierte in rascher Folge, welche Katastrophen hauptsächlich durch Verschulden ihres Mannes in den vergangenen Jahren zu Weihnachten über die Familie hereingebrochen waren: damals, im ersten Ehejahr, wo Besenrieder nicht daran gedacht hatte, daß in dem jungen Hausstand noch kein Christbaumständer vorhanden war, und wo dann nichts anderes übriggeblieben war, als die obersten Zweige des Christbaums mit Reißnägeln an die Decke zu heften; und dann das Jahr, wo Besenrieder steif und fest behauptet hatte, der Christbaumverkauf ende am 24. um 12 Uhr, und man bekomme in den letzten Stunden die schönsten Bäume um eine Mark, und

in Wirklichkeit endete der Christbaumverkauf am 23. abends, und Frau Besenrieder sei damals mit dem Auto 66 Kilometer kreuz und quer durch die Stadt gefahren, und um halb fünf Uhr am Heiligen Abend habe sie durch Zufall einen Großhändler in Waldperlach gefunden, der zufällig noch in seinem Geschäft war und grad mit seiner Sekretärin ein sehr zweideutiges Weihnachtsfest gefeiert habe; der Großhändler habe seine Hose unwillig zugeknöpft und ihr - Frau Besenrieder -, weil sie Tränen in den Augen gehabt habe, einen Krüppel von Fichte für vierzig Mark verkauft, und das auch noch unter der Bedingung, daß sie zwei Steigen schon sehr weicher Tomaten - die Steige zu elf Mark - mit dazunahm, aus denen sie dann einen Tomatenauflauf gemacht habe, von dem der Familie noch zu Dreikönig schlecht war. Günther Besenrieder setzte sich still in die Wohnküche und rülpste.
Natürlich war es bei der Feier im Eichamt nicht bei der einen Flasche Bier geblieben. Aber eigentlich betrunken war Besenrieder nicht, nur flau war ihm im Magen. Das kam wahrscheinlich davon, daß er sich verpflichtet gefühlt hatte, wenn er schon nicht die Bowle trank, wenigstens die Plätzchen der Frau Amtmann Grünauer zu essen.
Nach einiger Zeit beruhigte sich Frau Besenrieder. Während Günther Besenrieder mit dem älteren Sohn den Baum aufstellte und schmückte, erledigte Frau Besenrieder mit dem jüngeren den Besuch bei ihren Eltern und am Friedhof, und als sie gegen vier Uhr zurückkam, war es schon dunkel, auf den Straßen war es ruhig geworden, leiser Schnee rieselte, aus manchen Fenstern schimmerten schon Kerzen, und Friede und Ruhe und der Duft von gebratenen Äpfeln senkten sich auf die Welt.
»So«, sagte Günther Besenrieder, gab seiner Frau einen

weihnachtlichen Kuß und ging. In längstens 20 Minuten, sagte er, sei er wieder da. Er müsse das Geschenk für seine Frau holen, ein sehr schönes, eigenartiges Geschenk, das seiner Art nach leider ungeeignet gewesen sei, in der Wohnung versteckt zu werden. Auch die Kinder, sagte Besenrieder, würden sich darüber freuen.
Im Stiegenhaus – das ist für die Geschichte nicht ohne Bedeutung – überholte Besenrieder das ältliche Ehepaar Astfeller aus dem Stock drüber. Sie schleppten Koffer und größere Pakete. Weihnachtlich weich half Besenrieder bis zur Haustür tragen, wo ein Taxi wartete. Er wünschte frohe Feiertage. Astfellers dankten und erwähnten, daß sie nach Bad Aibling zu ihrer dort verheirateten Tochter führen, um mit der und den Enkeln das Fest zu verbringen. Erst am Neujahrstag würden sie zurückkehren.
Als Besenrieder 20 Minuten später mit dem Dackel zurückkam, begegneten ihm die Eheleute Geist, die neben Besenrieders wohnten.
»Oh«, sagte Frau Bundesbahnexpedientin a. D. Geist, »haben Sie jetzt ein Hundchen? Oh, wie süß.«
»Das Weihnachtsgeschenk für meine Frau«, sagte Besenrieder.
»Lieb schaut er«, sagte Herr Bundesbahnexpedient a. D. Geist. Dann wünschte Besenrieder dem Ehepaar Geist frohe Feiertage und erfuhr mit den Gegenwünschen, daß Geists die Feiertage bis Silvester bei ihrem Sohn in Deisenhofen zubringen wollten und daß es jetzt langsam pressiere, weil man doch, noch dazu, wo es zu schneien angefangen habe und man nicht zu schnell fahren könne, eine gute halbe Stunde nach Deisenhofen hinaus brauche und weil man rechtzeitig zur Bescherung da sein wolle.
Günther Besenrieder hatte den Dackel – Adolar von Kö-

nigsbrunn – nebst Stammbaum bereits in den ersten Dezembertagen in einer Tierhandlung erworben und bezahlt. »Aber es soll natürlich eine Überraschung für meine Frau werden«, hatte Besenrieder gesagt, worauf ihm der Tierhändler anbot, gegen einen bescheidenen Verköstigungssatz das Tier bis zum Heiligen Abend bei sich zu behalten. Besenrieder könne Adolar auch noch am Nachmittag dieses Tages abholen, er, der Tierhändler, habe keine Familie und hasse Weihnachten. Er sitze am 24. Dezember sicher bis sieben Uhr im Laden und mache den Jahresabschluß der Buchhaltung, das könne er, da in der Zeit von Weihnachten bis Silvester erfahrungsgemäß höchstens ein paar Mehlwürmer von Aquarienfreunden gekauft werden, und diese paar Mehlwürmer nehme er buchhalterisch und mehrwertsteuerlich ins neue Jahr hinüber. Übrigens sei der Käufer nicht verpflichtet, den Hund ›Adolar‹ zu rufen. Der Hund höre nicht auf diesen Namen, auch nicht auf ›von Königsbrunn‹. In den seltensten Fällen würden die Hunde mit ihrem Namen aus dem Stammbaum gerufen. Für Dackel empfehle sich ›Waldi‹ oder ›Purzel‹.
Besenrieder beschloß, die Rufnamensfrage seiner Frau zu überlassen, setzte den Hund vor der Wohnungstür auf den Boden und band ihm eine große rote Schleife aus Stoff um, mit Goldrand, wie man sie sonst für Weihnachtspakete verwendet. Dem Dackel war die Schleife unangenehm, und er versuchte sie durch Winden des Halses und Pfotenkratzen von seinem Hals zu entfernen.
Vielleicht, dachte Besenrieder, ist die Schleife zu eng. Er beugte sich nochmals zum Hund hinunter, faßte nach der Schleife, aber da knurrte der Dackel und bellte laut.
Das hörte Frau Besenrieder, machte die Tür auf, schlug die Hände über dem Kopf zusammen, rief:

»Nein, wie niedlich.«
Die Kinder kamen gerannt. Besenrieder sagte:
»Adolar heißt er, aber wir können ihn noch umtaufen.«
Der Dackel rannte in den Flur, rieb den Hals am Vertiko, warf es fast um und brachte es fertig, die Schleife vom Hals zu zerren.
Alle anderen Geschenke traten in ihrer Bedeutung hinter Adolar zurück. Selbst die Kerzen am Christbaum - was später, wie sich zeigte, förmlich lebensrettend war - wurden nach wenigen Minuten wieder ausgeblasen. Die Weihnachtssendung im Fernsehen wurde ausgeschaltet. Alle vier Besenrieder setzten sich auf den Boden und betrachteten den Dackel.
Der Dackel knurrte.
»Es ist ihm noch ungewohnt«, sagte der älteste Bub.
»Ist er stubenrein?« fragte Frau Besenrieder.
»Selbstverständlich«, sagte Günther Besenrieder. Aber wahrscheinlich war die Erziehung des Dackels nicht davon ausgegangen, daß in der Stube, die ein Hund rein zu halten hat, ein Baum steht, nämlich der Christbaum, und er hob das Bein. Aber das war noch das wenigste. Kurz darauf - Frau Besenrieder hatte einen Kübel und einen Putzlumpen geholt, um Adolars oder Waldis oder Purzels, je nachdem, Duftmarke aufzuwischen - schaute der Hund den kleineren der Besenrieder-Buben mit gesenktem Kopf von unten her an, knurrte nicht nur, sondern fletschte die Zähne.
Der Bub flüchtete zur Mutter. Die Mutter stellte den Kübel hin (ein Glück im Unglück, wie sich bald zeigte) und nahm den Buben hoch.
»Der Hund ist noch nicht an Kinder gewöhnt«, sagte Herr Besenrieder.

»Er spuckt Bier«, sagte der ältere Bub.
»Was?«
Adolar knurrte. Frau Besenrieder schrie auf:
»Er hat Schaum vor dem Mund.« Adolar kläffte kurz und heiser zum Buben auf Frau Besenrieders Arm hinauf. Frau Besenrieder flüchtete hinter den Christbaum:
»Tu den Hund hinaus - Günther ... Günther ...!« Jetzt brüllte auch der größere Bub. Der Dackel drehte sich im Kreis und rollte die Augen. Frau Besenrieder stieg auf einen Sessel und sagte:
»Er hat die Tollwut!«
»Unmöglich«, wollte Herr Besenrieder sagen und auf das Zertifikat verweisen, daß er vom Tierhändler über die tadellose Gesundheit des Hundes bekommen hatte. Besenrieder kam aber nur bis »Unmö«, da faßte der Dackel ihn ins Auge und - es sei das Fürchterlichste in der ganzen Sache gewesen, erzählte Besenrieder später, als er nach der Scheidung wieder öfters im Gasthaus saß und die Geschichte des Abends zum besten gab - und schielte. Der Dackel schielte wie ein Dämon, nahm einen Anlauf, raste auf Besenrieder zu. Besenrieder riß geistesgegenwärtig die Wohnzimmertür auf, sprang in die Höhe, der Dackel schoß unter ihm durch hinaus auf den Flur, Besenrieder schlug die Tür zu.
»Dreh den Schlüssel um!« kreischte Frau Besenrieder.
»Er kann doch die Tür nicht aufmachen«, sagte Besenrieder.
»Dreh den Schlüssel um«, schrie Frau Besenrieder einen halben Ton höher.
Da drehte Herr Besenrieder den Schlüssel um, und die Belagerung hatte begonnen. Von weihnachtlicher Stimmung war natürlich keine Rede mehr.

»Wir müssen die Polizei anrufen«, sagte Frau Besenrieder. »Wie denn?« sagte Besenrieder, »das Telefon ist im Flur.« Die Lebensmittel waren in der Küche. Zum Glück hatte Besenrieder den Christbaum üppig mit Fondants und Russisch Brot geschmückt. Das half über die ersten Tage. Klopfen an den Wänden war sinnlos. Besenrieder hatte ja gesehen, daß sowohl Astfellers als auch Geists verreist waren.

Sie schrien aus dem Fenster. Entweder hatten alle anderen Leute ihre Fenster fest verrammelt oder der immer stärker fallende Schnee erstickte das Rufen, jedenfalls antwortete niemand.

Nur einmal zeigte sich im ersten Stock im Haus auf der gegenüberliegenden Straßenseite eine alte Frau. Besenrieder brüllte und winkte. Die alte Frau winkte zurück, öffnete sogar das Fenster einen Moment und schrie: »Danke – ebenfalls frohe Feiertage.«

Als die Fondants und das Russisch Brot aufgegessen waren, aßen Besenrieders die Kerzen.

Der Hund – wie sich Besenrieder durch gelegentliche kühne Spähblicke durch den Türspalt überzeugte – ernährte sich vom Teppich des Flurs und, nachdem er ihn aufgefressen hatte, von zwei Paar Schuhen. Es schien ihm nicht nur zu schmecken, sondern sogar zu bekommen. Herr Besenrieder hatte nach drei Tagen den Eindruck, der Dackel sei merklich gewachsen.

Hunger ist bekanntlich eher zu ertragen als Durst. Im Wohnzimmer war kein Wasserhahn, aber zum Glück war ja der Eimer Aufwischwasser da, und außerdem stand der Christbaum – damit er nicht so schnell nadelte – in einer großen Schüssel mit Wasser.

Als das Wasser ausgetrunken war, mußte man wohl oder

übel an die Spirituosen gehen, die in der Herrenkommode verwahrt wurden. Die Familie trank im Lauf der Tage drei Flaschen Wermut, eine Flasche Bourbon, zwei Flaschen Scotch, eine Flasche Steinhäger und etliche Flaschen Wein aus. Das hatte den Vorteil, daß die Kinder fast ständig schliefen und daß über Herrn und Frau Besenrieder zeitweilig eine heitere Gelassenheit kam. (Wovon der Dackel seinen Durst stillte, war unklar. Wahrscheinlich, vermutete der ältere Besenrieder-Sohn, ist die Badezimmertür offen, und die Bestie trinkt aus dem Klo.)
Trotz heiterer Gelassenheit waren die gruppendynamischen Verhältnisse im Wohnzimmer verheerend. Herr Besenrieder erfuhr im Lauf dieser Tage vielfach und in immer rascher werdenden Wiederholungen alles, was er in der Ehe falsch gemacht hatte. Zorn- und Tränenausbrüche wechselten ab mit Selbstmorddrohungen:
»Ich geh' hinaus auf den Flur und lasse mich von der Bestie zerfleischen.«
Und Besenrieder wurde durch die Schraubstocksituation auch nicht gerade ein Engel. Die Eheleute nagten sich seelisch ab bis auf die Knochen. Zum Schluß vergaß sich Besenrieder bis zu einer Ohrfeige, die er seiner Frau gab. Besenrieder tat die Ohrfeige zwar sofort leid, er stand da wie erstarrt. Die Kinder weinten. Frau Besenrieder sagte nur: »So!«, ergriff die letzte Flasche Sliwowitz und stürzte mit dem Viertelliter, der darin war, alles in sich hinunter, was es an Flüssigkeit noch in dem Zimmer gab. »Paula!« rief Günther.
Zu spät. In jeder Hinsicht zu spät. Als Adolar von Königsbrunn am Abend des Neujahrstages endlich doch verhungerte, verließ Frau Besenrieder das Wohnzimmer nur, um ungerührt über die Dackelleiche hinwegzusteigen, im

Schlafzimmer ihren Koffer zu packen, und zu ihren Eltern zurückzukehren. Die Kinder holte sie einige Tage später, am selben Tag, als gegen Besenrieder ein Disziplinarverfahren wegen unentschuldigten Fehlens eingeleitet wurde.

Als Besenrieder vor dem Disziplinarausschuß die Sache mit Adolar erzählte, lachte der Vorsitzende fürchterlich, sagte, das sei ohne Zweifel die originellste Ausrede, die er je gehört habe. Geglaubt wurde Besenrieder nicht.

Die Scheidungskosten und der Versorgungsausgleich fraßen Besenrieders Ersparnisse auf. Als er den Schadensersatzprozeß gegen den Tierhändler verlor, mußte er, um die Verfahrenskosten zahlen zu können, sein Auto verkaufen.

Er kam nach der Entlassung aus dem Dienst als Pfleger in einem Tierasyl unter. Immerhin verdiente er so viel, daß er abends in einer billigen Wirtschaft ein paar Bier trinken konnte. Auch den Heiligen Abend verbrachte er regelmäßig in dieser Wirtschaft. Sie hieß »Sporteck«. In vorgerückter Stunde pflegte er den anderen Elendsexistenzen die Geschichte vom Dackel Adolar und von der Tollwut zu erzählen. Sie war stets ein Lacherfolg.

Franz Molnar

Vor Weihnachten

Es ist drei Uhr früh. Alle Häuser in dieser Gegend sind längst dunkel, nur in der Nummer 38/b sind im vierten Stock noch zwei Fenster erleuchtet, in der Wohnung von F. Soma Durchschnitt. Im Zimmer steht ein großer Tisch, voller Papiere. Dichter Rauch. Auf dem Tisch eine Teetasse, mit gelben Zuckerresten und einem Zigarrenstummel. Soma steht vom Tisch auf, streckt sich und bringt dann die Papiere in Ordnung. Als habe ein Dramatiker in diesem Augenblick ein Werk in fünf Akten beendet, an dem er seit fünf Jahren gearbeitet hat. Soma steckt sich eine Zigarette an und ruft leise ins andere Zimmer hinüber: »Mamusch, schläfst du?«

Eine Stimme aus dem anderen Zimmer: »Was ist das wieder für eine Frage. Brüllend fragst du, ob ich schlafe. Sag aufrichtig, ich soll aufwachen und rüberkommen.«

Soma: »Wach auf und komm rüber!«

Jetzt folgt eine kleine Pause, in der Soma auf und ab geht, ruhig, ein kleines Lächeln auf dem Gesicht, im Bewußtsein einer erfolgreich vollbrachten, großen Arbeit. Mamusch erscheint in der Tür, im Hausmantel. Das Licht blendet ihre Augen. Soma tritt zu ihr und küßt sie mit sanftem Gleichmut. Mamusch sagt: »Bist du fertig?«

»Ja.«

»Alles geschafft?«
»Alles. Es muß nur geschrieben werden. Setz dich an den Tisch, Mamusch, und schreib, was ich diktiere. Solltest du anderer Meinung sein, sag es.«
»Pfui«, sagt Mamusch verschlafen, »was für ein Schmutz ist hier auf dem Tisch. Überall Asche, Streichhölzer, Kippen.«
Damit setzt sie sich. Soma nimmt die geordneten Papiere und Aufzeichnungen und sagt: »Red nicht so viel, Mamusch. Der Umlauf ist mir noch nie so gut gelungen wie in diesem Jahr. Ich glaube, es wird ein nützliches und billiges Weihnachten. Nimm ein Stück Papier und eine Feder. Nicht die, die ist entzwei. Die andere dort. Schreib: ›Onkel Doktors Weihnachtsgeschenk: eine Kiste Upman-Zigarren.‹«
Mamusch: »Was heißt das?«
»Steiners wollen uns zu Weihnachten etwas geben, sie haben Angst, mein Bruder jagt Magda Steiner von der Schreibmaschine fort, weil sie unpünktlich ist. Steiner hat mich gefragt, was ich mir zu Weihnachten wünsche, er will nichts kaufen, was ich schon habe. Ich hatte mir Bedenkzeit ausgebeten, bin zu Onkel Doktor gelaufen, der Ilonka zwei Wochen lang die Ohren gespritzt hat und dem wir etwas geben müssen. Ich dachte, ich bitte Steiner um etwas, was ich gleich an Onkel Doktor weitergeben kann . . .«
»Aber ich dachte, Onkel Doktor darf der Verkalkung wegen nicht rauchen.«
»Warte das Ende ab. Also, ich lief zu Onkel Doktor, und er sagte, er werde abends telefonieren. In der Zwischenzeit fragte er Doktor Spónicer, der ihn zu den Konzilien einzuladen pflegt, was er zu Weihnachten haben möchte.

Spónicer antwortete: ›Schicken Sie mir eine Kiste Upman-Zigarren, ich will sie meinem Hauswirt zu Weihnachten geben; er hat meinen Kachelofen verschmieren lassen. Es gehört sich, ihm etwas zu geben, und so soll er Zigarren bekommen; er selbst raucht zwar nicht, doch die sollen für seinen Schwiegersohn sein; der hätte zu Silvester Gäste und brauche für sie eine gute Zigarre.‹«
»Ist das der Mádai?«
»Ja.«
»Und sein Schwiegersohn ist der Dudi Linczer?«
»Ja.«
»Hat er nicht auch uns zu Silvester eingeladen!«
»Ich weiß. Dort werde ich mir die Zigarren zurückstehlen, wenn ich sie sehe. Ich habe doch gesagt, dieses Jahr wird es ein nützliches Weihnachten. Doch komplizieren wir die Sache nicht; für uns ist nur wichtig, und nur das schreib auf: ›Für Onkel Doktor eine Kiste Upman-Zigarren, die wir von den Steiners bekommen.‹«
Pause. Mamusch schreibt. Dann ergreift Soma erneut das Wort: »Schreib weiter: ›Tante Hermin bekommt über das französische Fräulein Eau de Cologne, Mundwasser, Seife, Kaffeelikör und Salmiakpastillen.‹«
»Das alles?«
»Alles, alles. Doch stör nicht, sonst finde ich mich nicht zurecht. Das bekommen wir alles von Onkel Doktor, der es vom Apotheker bekommt, zu dem er seine Patienten schickt. Der Apotheker schenkt dem Onkel Doktor in jedem Jahr Eau de Cologne, Mundwasser, Seife, Kaffeelikör, Salmiakpastillen und eine Kiste Upman-Zigarren.«
»Upman-Zigarren? Und warum geben dann wir ihm Steiners Upman-Zigarren?«
»Mamusch, mach mich nicht konfus. Magda Steiner hat

Onkel Doktor auf der Maschine die Vorlesung für den Ärzteverein geschrieben und kein Geld dafür genommen. Onkel Doktor hat Magda gefragt, was sie sich zu Weihnachten wünsche. Magda fragte ihren Vater. Ich sagte dir bereits, daß ich Steiner um Upman-Zigarren für Onkel Doktor gebeten habe. Darauf sagte Steiner zu seiner Tochter: ›Bitte ihn um eine Kiste Upman.‹ Da lachte sich der Onkel Doktor eins ins Fäustchen, als Magda ihn um eine Kiste Upman bat, denn er hatte bei mir die ganze Zigarrenangelegenheit in Gang gebracht, er wußte bereits, daß die Upman über Magda zu Steiner gehen und von Steiner zu mir; deshalb hat er mich sofort um die Upman gebeten, denn er wußte, so bekäme er seine Zigarren zurück und könne sie an Spónicer weitergeben.«

»Hätte er sie nicht gleich vom Apotheker an Spónicer weitergeben können?«

»Nein. Er mußte Magda doch etwas für das Tippen geben. Auf diese Weise bekommen Magda und auch Spónicer etwas. Doch stör mich nicht, Mamusch, wenn du mich ständig fragst, vermischt sich alles das in meinem Kopf. Wo sind wir doch stehengeblieben?«

»Tante Hermin . . .«

»Ja, Tante Hermin. Nun, Onkel Doktor gibt uns das Eau de Cologne, das Mundwasser, die Seife, den Kaffeelikör und die Salmiakpastillen; er gibt sie uns, weil er sich damit sichern will, daß ich Steiner um die Upman-Zigarren bitte und sie so zu ihm zurückkommen. Damit der ganze Plan nicht scheitert, will er sich gefällig erweisen und uns dieses Päckchen mit Apothekerdingen geben. Und wir geben es an Tante Hermin weiter, doch nicht direkt.«

»Wozu braucht das Tante Hermin? Die Ärmste bekommt doch zu Weihnachten immer fünf Forint von uns.«

»Ja, die bekommt sie jetzt auch. Aber du weißt, daß sie uns trotzdem zu Weihnachten immer eine Kleinigkeit schenkt; in diesem Jahr nun hat sie geklagt, sie habe keinen Filler, und sie sagte: ›Ich frage dich in diesem Jahr gar nicht, was ihr euch zu Weihnachten wünscht, denn ich bin sehr arm.‹ Darauf habe ich ihr geantwortet: ›Schon gut, Tante Hermin, in diesem Jahr möchten wir von dir Eau de Cologne, Mundwasser, Seife, Kaffeelikör und Salmiakpastillen.‹ Sie ging mit langem Gesicht fort, und jetzt werde ich alles auf indirektem Weg zu ihr gelangen lassen, damit sie es uns schenken kann.«

»Und wozu brauchen wir das?«

»Na, hör mal? Wir müssen doch den Steiners etwas für die Upman-Zigarren geben, ich kann es nicht zulassen, daß man glaubt, man könne meinen Bruder in der Schreibabteilung mit einer Kiste Zigarren bestechen, die er nicht einmal ihm, sondern mir gibt!«

»Nun, dann bekommt das Tante Hermin?«

»Sie bekommt es über das französische Fräulein, die mich bereits gefragt hat, was sie Tante Hermin kaufen soll, die ihr in diesem Jahr zwei Hüte gemacht hat. Da habe ich gesagt, Hermin sammle leidenschaftlich Eau de Cologne, Mundwasser, Seife, Kaffeelikör und Salmiakpastillen. Wenn wir das Päckchen dem Fräulein so übergeben, wie wir es von dem Onkel Doktor bekommen haben, wird das Fräulein wie eine Wahnsinnige mit ihm zu Hermin rennen. Hermin wird es aufmachen und sehen, es enthält genau das, um was ich sie gebeten hatte, und sie wird es uns bringen. Wir können das Päckchen dann getrost Steiners schenken. So haben wir das französische Fräulein zufriedengestellt, Hermin geholfen, und der Onkel Doktor bekommt seine Sachen zurück.«

»Der Onkel Doktor? Wir geben es doch den Steiners.«
»Ja, aber Steiners schenken es Onkel Doktor für die Upman-Zigarren; sie wollen nicht, daß ihre Tochter ein Geschenk von einem Junggesellen bekommt, deshalb entgelten sie es ihm.«
»Also auch das bekommt Onkel Doktor zurück?«
»Ja. Bringe mich nicht durcheinander. Für uns ist nur wichtig, und nur das schreibe auf: ›Wir bekommen Eau de Cologne, Mundwasser, Seife, Kaffeelikör und Salmiakpastillen von Onkel Doktor und geben alles dem französischen Fräulein.‹«
»Fertig.«
»Dann können wir ruhig zu den Zigarren zurückkehren. Paß gut auf.«
»Zu welchen Zigarren?«
»Zu den Upman.«
»Die haben wir doch Onkel Doktor gegeben, und der Onkel Doktor hat sie an Spónicer weitergegeben, Spónicer dann an Mádai und Mádai an Dudi Linczer, der sie in der Silvesternacht seinen Gästen hinstellt.«
»So ist es, meine Liebe; doch wie du konstatiert hast, sind wir Silvester zu den Linczers eingeladen, und wie ich bemerkt habe, wird es meine erste Aufgabe sein, die Kiste Zigarren, wenn ich sie sehe, in meiner Manteltasche verschwinden zu lassen. Denn dann kommen die Neujahrsgeschenke an die Reihe.«
»Die Neujahrsgeschenke?«
»Ja, Mamusch. Das kam in Pest vor einigen Jahren in Mode. Zu Neujahr bringt man die Geschenke an den Mann, die man zu Weihnachten bekommen hat, mit denen man aber nichts anzufangen weiß. Nachdem ich nun das Weihnachten völlig ausgebeutet habe, das heißt von jedem

etwas bekomme und jedem etwas gebe, ohne selbst in die Tasche greifen zu müssen, ist nichts zu Hause geblieben, und ich bin gezwungen, die Geschenke dort zu erwischen, wo ich während ihres Umlaufs auf sie stoße. Mit den Zigarren habe ich am Abend bei Linczer ein Rendezvous, dort stehle ich sie zurück.«

»Und was machst du mit ihnen?«

»Du denkst doch nicht, daß ich sie rauche? Die Zigarren schenke ich zu Neujahr Onkel Galgócer, dem Wucherer.«

»Wir schulden ihm doch gar nichts.«

»Nein. Es geht um etwas anderes. Im Büro habe ich meinen Chef gefragt, was er zu Weihnachten möchte, damit ich nichts kaufe, was er bereits hat. Er sagte, er werde seine Frau fragen. Ich kenne das bereits. Im letzten Jahr hat er das ebenfalls gesagt, aber nicht seine Frau, sondern Herrn Galgócer gefragt, weil er ihm etwas schuldete und gezwungen war, ihm zu Weihnachten eine Aufmerksamkeit zu erweisen. Erinnerst du dich, was für ein Pech wir da hatten. Herr Galgócer wünschte sich von ihm ein silbernes Eßbesteck für zwölf Personen, und mein Chef sagte mir, daß es seine Frau möchte, und so mußte ich das silberne Eßbesteck für zwölf Personen kaufen. Nun, in diesem Jahr bin ich rechtzeitig zu Herrn Galgócer gegangen und habe ihm gesagt, er möchte sich in Anbetracht der schlechten Finanzverhältnisse nichts Teures von meinem Chef wünschen, da nämlich ich es kaufen müßte. Für seine Bescheidenheit habe ich ihm zum neuen Jahr eine Kiste feiner Zigarren versprochen. Wir haben uns geeinigt, und Galgócer wird in diesem Jahr sehr bescheiden sein; er will meinen Chef für sich um eine Flasche Kaffeelikör, für seine Frau jedoch um ein Fläschchen Eau de Cologne bitten. Mein Chef ist gestern zu mir ins Zimmer gekommen und hat mich mit gewichtiger Miene um Kaffeelikör und Eau de Cologne gebeten. Ich habe es ihm versprochen und sofort Onkel Doktor angerufen, der auch Galgócers Hausarzt ist, er soll uns zum zweiten Mal Likör und Eau de Cologne schenken - denn einmal, wie du es bereits notiert hast, haben wir es schon von ihm zusammen mit Seife, Mundwasser und Salmiakpastillen bekommen; doch wir haben es an das französische Fräulein weitergegeben, von ihr ist es zu Hermin, von Hermin zu uns zurück, von uns zu Steiners und von dort zurück zu Onkel Doktor gegangen - ich sagte ihm, er solle uns diese zwei Flaschen noch einmal schenken, denn er bekäme sie zu Neujahr sowieso von den Galgócers zurück. Onkel Doktor hat mitgespielt, wenn auch sehr ungern; ihm war das von Herrn Galgócer zuwenig. Da habe ich ihm verraten, ich hätte Galgócer seine Upman-Zigarren versprochen, und so ist er darauf eingegangen und ließ Galgócer sagen, er wünsche sich zum neuen Jahr Likör, Eau de Cologne und Zigarren. Damit ist alles in Ordnung, jeder bekommt etwas, jeder gibt etwas, und Onkel Doktor erhält am Ende alles das zurück, was ihm der Apotheker zu Weihnachten schicken wird. Weil der Apotheker von allen unseren Bekannten der einzige ist, der tatsächlich etwas gibt. Er ist aber auch der einzige, zu dem wir alle kaufen gehen und der an uns allen verdient. So daß er nicht zusetzt. Verstehst du, Mamusch?«

»Ich verstehe.«

Mamusch blickt zu den Aufzeichnungen hinüber und sieht auf die Uhr.

»Schon vier«, sagt sie. »Gehen wir schlafen.«

»Ja«, sagt Soma, »gehen wir. Du mußt aber zugeben, ich habe in diesem Jahr ein nützliches und billiges Weihnachten zusammengestellt.«

Mamusch gibt Soma einen zarten, flüchtigen Kuß und sagt leise: »Du bist ein kleiner Wekerle, ein kleiner Finanzminister, Soma.«
Und jetzt werden auch die beiden Fenster im vierten Stock des Hauses 38/b dunkel. Die ganze Straße schläft.

Barbara Noack

Weihnachten

24. Dezember, 6 Uhr früh. Anette rüttelt ihre Eltern wach und fragt, ob das Christkind schon da ist. Anettes Vater stöhnt: »Nei-ein.«
»Warum nicht«, fragt Anette.
»Weil das Christkind auch noch ne Stunde schlafen möchte. Darum.«
Kurz vor acht schwärmt die Familie zum Anstehen aus. Der Vater steht beim Fischladen an, die Mutter beim Metzger, Peter beim Bäcker und Anette vor der Tür zum Weihnachtszimmer. Damit sie die Ankunft des Christkinds nicht verpaßt.
8 Uhr 55. Peter holt den Weihnachtsbaum vom Balkon ins Wohnzimmer. Er schneit Nadeln auf den Teppich. Mickrig ist er auch, wer hat sich denn den andrehen lassen? »Es war ein Sonderangebot«, nuschelt der Vater und stülpt den Keller nach dem eisernen Ständer um. Und bellt Vorwürfe retour: »Wieso wird in diesem Haus nie etwas so weggeräumt, daß man es gleich wiederfindet, wenn man es braucht. Kann mir das mal einer sagen!?«
Von 9 Uhr 30 bis 10 Uhr 14 schnitzt er am Christbaumstamm wie an einem zu groß geratenen Bleistift herum. Dann paßt er endlich ohne Schlagseite in den Ständer. Es erhebt sich die Frage, ob in diesem Jahr ein stimmungsvoller Baum mit brennenden Kerzen oder ein garantiert

brandsicherer mit elektrischer Beleuchtung hergerichtet werden soll. Die Kinder entscheiden sich für einen stimmungsvollen. Zur Sicherheit wird er mit Minimax (Vorkriegsmodell), Feuerpatsche, Sandeimer und gefüllter Gießkanne umzingelt.
Während die Mutter ihn schmückt, stellt sie fest, daß sie nicht genügend Kerzen hat. Peter wird losgeschickt. »Und bring zur Sicherheit noch ein Pfund Butter mit, Junge, hörst du?«
11 Uhr 23. Ein Postauto hält vorm Haus. Anette sieht es vom Fenster aus. Riesenspannung: Bei wem klingelt der Postmann mit dem Paket!?
Bei den Neumanns oben. Ach, wieso denn bei Neumanns? Die haben doch gar keine Kinder.
Wozu brauchen alte Leute ein großes Paket?
Bis 11 Uhr 50 ist die Mutter mit dem Aufstellen der Geschenke beschäftigt. Anettes Päckchen (eingewickelt in Vorjahrsschmuckpapier, das noch nicht allzusehr zerknittert ist) kommen auf die Kommode, Peters auf den kleinen Tisch, die Eltern teilen sich das Sofa, und die Großeltern werden auf dem Klavier beschert. Hoffentlich gefällt Oma die Bluse. Sie sagt ja nie, was sie sich wünscht, bloß immer diese falsche Bescheidenheit: »Kindchen, ich brauch' wirklich nichts. Das einzige, was ich mir wünsche, ist, daß ihr gesund bleibt.«
Ich möchte mal ihr Gesicht sehen, denkt ihre Tochter, wenn sie am Heiligen Abend mit liebevoll eingewickelten Päckchen bei uns eintrifft, und es liegt auf ihrem Gabentisch nichts anderes herum als unsere Gesundheit, mit Peters Schnupfen als Dekoration.
Kann sie nicht sagen: Ich brauche eine Kaffeemaschine und eine Schürze?

Ein Glück wenigstens, daß Schwägerin Hilde mit einer Kollegin aus dem Büro nach Teneriffa geflogen ist. Das ist das schönste Geschenk für die Mutter: Einmal Weihnachten ohne Hilde! Wenn sie bisher anreiste, wünschte sie sich nur ein mageres Süppchen und einen Toast als Festessen, »du weißt doch, Liesl, meine Galle!« Und dann fraß sie der Familie den halben Karpfen mit Buttersoße und Sahnemeerrettich fort, und anschließend lag sie flach und hatte Koliken. Einmal Weihnachten ohne Notarzt!

Hilde pflegt ihre Geschenke auf ihren weiten Reisen zu kaufen, denn auf Reisen sitzt ihr das Geld locker, sagt sie. So ist die Familie schon zu imitierten Schrumpfköpfen, bemalten Kokosnüssen, Muscheleulen und lila Mexikanerhüten mit Silberkordel gekommen. – Wohin mit all dem Zeug in ihrer mit gediegenen süddeutschen Bauernmöbeln eingerichteten Wohnung, in der das einzig Exotische bisher ein norddeutsches Biedermeiersofa gewesen war. Vorige Weihnachten hat der Vater von seiner Schwester Hilde zusätzlich zu einer sehr unanständigen Holzfigur aus Haitii eine von Hilde in den Landesfarben umhäkelte Klorolle erhalten mit der Ermahnung, sie sichtbar vorm Heckfenster seines Autos zu postieren. Nun mag der Vater aber umhäkeltes Toilettenpapier nicht sehr und sieht auch seinen Sinn nicht ein, denn wenn ihn in der Stadt ein unverhofftes Bedürfnis zur Schleunigkeit beflügelt, findet er auch irgendwo ein Klo, und auf seinen Fahrten über Land ...

Allein die Vorstellung, in der Eile die Rolle aus ihrer Häkelei zu fummeln, dann ab damit ins Dickicht, danach die Rolle wieder ins Gehäkelte zurück, und überhaupt ist das bisher mit Kleenex aus dem Handschuhfach so unkompliziert gewesen ...

Bei ihrem letzten Besuch im September fiel es Hilde in den ersten fünf Minuten auf: kein putziges Klorollen-Häkelhütchen vor der Heckscheibe des brüderlichen Wagens, ja, warum denn nicht? Da hatte sie sich soviel Mühe gemacht, allein mit dem gewellten Rand . . .
»Ich hab's auf einem Parkplatz vergessen«, bedauerte ihr Bruder.
»Auf welchem?« wollte Hilde wissen.
Ja, du lieber Herr Gesangsverein, auf welchem – es fiel ihm auf die schnelle nur einer »in der Höhe von Murnau« ein. Hilde bewegte sein Geständnis in ihrem Herzen.
12 Uhr. Anette brüllt gegen das Mittagsläuten des nahen Kirchturms an. Brüllt wie am Spieß. Was ist denn nun schon wieder? Aus ihrem Schluchzen ist zu vernehmen, daß sie in der Eile gestolpert und gegen die Tischkante geflogen ist. Sie zeigt wo auf ihrer Stirn. – Messer auflegen, damit keine Beule draus wird. Schokoladenplätzchen auf den Kummer legen, damit er vergeht. Getröstet fragt Anette, wann denn nun endlich das Christkind kommt.
»Bald«, sagt die Mutter.
»Wann ist bald?« fragt Anette.
(Gibt's denn noch nichts Vernünftiges im Fernsehen?)
12 Uhr 47. Türklingeln. Auch das noch. Wer kommt denn nun? Wie das hier aussieht, am besten nicht aufmachen. Ruhig klingeln lassen. Anette sagt, vielleicht ist es das Christkindl, und schaut aus dem Küchenfenster. Es ist nicht das Christkindl, aber Opa und Oma. Sie haben einen Zug früher genommen als angekündigt und noch nicht zu Mittag gegessen, »aber bitte, bitte, Liesl, mach dir keine Umstände.« Der Vater führt Oma und Opa ins Schlafzimmer, denn ins Wohnzimmer darf keiner mehr vor der Bescherung hinein. Die Oma sagt zu ihrem Schwiegersohn,

daß sie ihm was Wertvolles aus dem Familienbesitz mitgebracht hätten. An sich sollte er das mal erben, wenn sie beide tot sind, aber Opa hat auch gesagt: »Mit warmer Hand geben ist schöner als mit kalter.«

Und diese bedeutende Mitteilung fünf Minuten vor Ladenschluß! Der Vater (ohne persönliches Geschenk für sie, überhaupt nicht dran gedacht) schießt auf Hausschuhen zur nächsten Drogerie, schmeißt sich mit Schulter gegen bereits geschlossene Ladentür, bummert mit Fäusten, japst: »Aufmachen! Brauche dringend warmen Dank für Schwiegermutter! Am besten, Parfüm - na ja, Kölnisch Wasser tut's auch -«

1 Uhr 15: Die Mutter vermißt Peter mit den Kerzen und der Reservebutter. Wo steckt er denn nur? Er ist schon Stunden fort - der Bub kostet sie noch den letzten Nerv (den allerletzten kostet sie Anette mit ihrer Christkindlfragerei) - außerdem muß sie zu ihren Nachbarn Nonnenmachers, die haben ihre Gans in der Gefriertruhe aufbewahrt.

Die Mutter klingelt also bei Nonnenmachers. Und wer öffnet? Ihr Sohn Peter. Mit einem Teesieb in der Hand, in dem ein Zierfisch zappelt. Sie schreit: »Ich denke, du bist Kerzen holen! Statt dessen siebst du Nonnenmachers Schleierschwänze!«

»Ich war Kerzen holen«, sagt Peter. »Als ich heimkam, hörte ich sie kreischen. Da habe ich geklopft.«

»Was war denn los?«

Sein Gesicht erhellt ein Grinsen: »Ihr Aquarium ist geplatzt!«

»Ja und?« fragt die Mutter.

»Stell dir mal 200 Liter Wasser im Wohnzimmer vor!« Das kann sie nicht. Muß aber trotzdem lachen - sie hat ja auch kein Aquarium, das am 24. Dezember platzen kann.

Über pitschnasse Auslegware und Teppiche hüpft die Mutter vom Flur zum Wohnraum. Dort trifft sie auf Nonnenmachers in Gummistiefeln, die lachen gar nicht.
Verdorbener Fußboden, verdorbenes Fest und obendrein Kurzschluß. Die Zierfischchen - lauter kostbare Exemplare - schwammen nach dem Malheur unters Sofa, unter die Heizkörper und sogar unter den Weihnachtsbaum, überall dorthin, wo Fische sonst selten hinkommen und auch gar nicht gerne hinwollen. Zwei fehlen noch, die haben sie noch nicht gefunden, und wenn sie sich die ganze Bescherung so besieht, dann möchte sie am liebsten auswandern, jammert Frau Nonnenmacher.
3 Uhr 40 Minuten. Anette fragt zum - ach, das kann man schon nicht mehr zählen -, wann das Christkindl nun endlich kommt. Sie wird von ungeduldigen, nach Heringssalat duftenden Händen winterlich eingepuppt und mit Großvater an die Luft geschickt - »und kommt ja nicht so bald wieder, hört ihr?«
Opa und Anette gehen unter einem Schirm, weil es stürmt und nieselt. Das ist typisch - vor Weihnachten haben sie den schönsten Schnee, und sobald der 24. Dezember naht, setzt Tauwetter ein.
Opa steuert die nächste Wirtschaft an und bestellt einen Grog für sich und eine Cola für Anette. Der Wirt sagt zu Opa: »Eahm schaungs o«, er zeigt auf einen älteren Beamtentyp, der einsam am Tisch sitzt und in einem Notizbuch blättert. »An jeden Weihnachtn spuit er desselbe Spui«, und weil er Opas hilflosem Blick begegnet - er ist gebürtiger Hannoveraner -, bemüht er sich um ein gespreiztes Hochdeutsch. »Also, der Wittler, so heißt er, geht vor jeden Weihnachten durch die Kaufhäuser mit seinem Notizblock und schreibt die Preise für Geschenke für eine

vierköpfige Familie auf, dann zählt er sie zusammen und schimpft auf das Erpresserfest, das den Menschen den letzten Groschen aus der Hose zieht und sie auch noch in Schulden stürzt -«

Oh, das kann er verstehen, nickt Opa, er hatte selbst drei Kinder und den Waisen von seinem verstorbenen Bruder -

»Sie verstehen eben nicht richtig«, sagt der Wirt, »weil ist der Wittler ein Junggeselle.«

Und das versteht Opa nun wirklich nicht.

»Nämlich ist das so, der Wittler notiert sich Jahr für Jahr aus Freud am Geiz, was er alles spart, indem er nicht für eine Familie zu Weihnachten einkaufen muß.«

»Aha«, sagt Opa und schaut zum Wittler hinüber - da hockt er am Heiligen Nachmittag vor einem kleinen abgestandenen Bier und blättert ziellos in seinem Notizbuch. »Also, froh sieht der nicht aus.«

»Nein«, sagt der Wirt, »weil spart sich der Wittler immer mehr zum armen Schwein, wo er doch niemanden zum Ausgeben hat.«

4 Uhr. Zu Hause ist dicke Luft. Der Vater mosert, weil er seinen dunklen Anzug anziehen soll. Mit Krawatte.

»Wozu denn, kommt doch keiner.«

»Und wir?« fragt Oma pikiert. »Sind wir vielleicht gar nichts?« (Oh, wären sie doch lieber zu ihrer Tochter nach Osnabrück gefahren!) Beim Heimkommen findet Anette Engelshaar auf dem Flurteppich. Das Christkindl ist endlich da!

Wie spät ist es? Halb fünf? Ja, dann könnten wir doch langsam anfangen. - »Zündest du die Kerzen an?« - »Oma ist schon wieder beleidigt, kannst du mir sagen, warum?« - »Ruhe, Anette, gleich ist es soweit!«

»Hast du die Platte mit den Weihnachtsliedern?«
»Aber das ist doch Udo Lindenberg. Müßt ihr die Dinger immer in die falschen Hüllen stecken, ja? In diesem Hause ist nie was an seinem Platz.«
»Nun mecker nicht, ich tu's auch nicht, obgleich ich nicht mehr stehen kann. Meine Füße, also ich bin total geschafft – wo hab' ich denn die Bimmel? – Alles klar? Dann klingel ich jetzt!«
Beim Ton des Glöckchens stolpert Anette, an Opas Hand, blinzelnd vor seliger Befangenheit, ins Weihnachtszimmer. Peter sieht sofort seine neuen Skier.
Oma fängt die ersten Tropfen seelischer Erschütterung mit der Unterlippe auf.
Anettchen singt »O du fröhliche, gabenbringende Weihnachtszeit«. Der Vater hält eine neue, in den Landesfarben umhäkelte Klorolle in den verdutzten Händen – »als Ersatz für die verlorengegangene«, hat Hilde dazu geschrieben.
Aller Ärger ist vergessen, alle Hetz der letzten Wochen, das Loch auf dem Konto, die schmerzenden Füße, Oma will auch nicht mehr zur anderen Tochter nach Osnabrück.
Vielleicht sollte man Nonnenmachers nach dem Abendessen rüberbitten!? Damit sie mal trockene Füße kriegen ...
Weihnachten ist schön, nicht nur für Anette.
»Kommt das Christkind bald wieder?« fragt sie ihre Mutter beim Ausziehen.
»Nächstes Jahr.«
»Wann ist nächstes Jahr?« fragt Anette.

PETER FRANKENFELD

Der Baum

Alle Jahre wieder, in stiller Freude auf das nahende Weihnachtsfest, werden Abseiten und Remisen geöffnet, Böden erklommen oder Kellergewölbe aufgesucht. Der begehrte Karton ist dank seiner Größe rasch gefunden und aus der Dunkelhaft befreit. Im Wohnzimmer, traditionsgemäß der Zielort des Transportes, enthüllt er nach ungeduldigem Öffnen der miteinander verklemmten Pappdeckel sein glitzerndes Innenleben: Weihnachtsschmuck. Vor manchen dieser Artikel ist schon über zehnmal gesungen worden; einige der Kugeln erinnern an älteres Obst, es finden sich Lamettasträhne, die das Aussehen von braunem Seetang angenommen haben.

Aber Weihnachtsschmuck ist kein Verbrauchsgut, sondern gewissermaßen Familienschmuck, ältere Stücke sind vertraut geworden und erhalten das Gnadenbrot. Doch da man den Weihnachtsbaum, Kleinod des beliebten Festes, nicht mit braunen Strähnen und Kugelkreisen schmücken möchte, wird alljährlich neue Glitzerware angeschafft.

Angesichts unserer respektablen Sammlung folgerte meine Frau: »Wenn wir den ganzen Schmuck aufhängen wollen, brauchen wir einen großen Baum.«

Sie hatte mir fünfundzwanzig Mark in die Hand gedrückt, damit ich unter den schönsten Bäumen wählen konnte.

Zum Transport des grünen Tannenmöbels hatte ich Henry mitgenommen. Wir fanden einen Prachtbaum von über drei Meter Größe, mit schönen, weit ausladenden Zweigen. Henry versuchte, den Baum anzuheben, ächzte hörbar und schlug vor, einen kleineren Baum zu nehmen. Die kleineren kosteten nur zwanzig Mark, und wenn man bedenkt, daß wir bereits seit einer halben Stunde suchten und froren, wird jeder verstehen, daß wir die gewonnenen fünf Mark vor dem Kauf des Baumes in Schnaps und Bier umsetzten. Das brauchte meine Frau nicht einmal zu erfahren, denn die Preise für Bäume variieren von Jahr zu Jahr erheblich.
Wir hatten inzwischen zwar eine halbe Stunde verloren, aber die Zuneigung zu einem Zwanzigmarkbaum gewonnen. Da warnte Henry: »Denk an eure Kinder! Diese kleinen Geschöpfe werden den Baum sehen und hinaufklettern - welches Kind tut das nicht? Bis in die höchsten Äste wagen sie sich vor, ahnungslos steigen sie ins Unglück, der Baum neigt sich, stürzt, und da liegen die Kleinen . . .«
Er hatte die Hände vors Gesicht gelegt. In seinen Augen durfte ich Tränen vermuten. Nach diesem Zwischenfall besprachen wir in demselben Lokal, was zu tun sei.
Der Verkäufer hatte einen immer noch stattlich zu nennenden Baum für fünfzehn Mark. Er gefiel Henry und mir, aber als Henry ihn anhob und den dicken Stamm besah, machte er eine Bemerkung, auf die ich nie gekommen wäre, und ich war ihm dankbar. Wohlgemerkt - ich *war*! Heute sehe ich die Sache mit anderen Augen. Henry zeigte auf den Stamm: »Was habt ihr für einen Christbaumständer?«
Solche Fragen kann man natürlich nicht klipp und klar beantworten. Unser Christbaumständer ist ein herkömm-

liches, gußeisernes, grünlackiertes Stativ - kein Stativ, mehr ein Sockel, wie soll man das beschreiben? Henry meinte, daß man für diesen Stamm einen neuen Christbaumständer kaufen müßte, der nach grober Schätzung dreißig bis vierzig Mark kosten würde. Wie besprachen den Fall ausführlich bei dem Gastwirt, der uns gleich wiedererkannte und so viel einschenkte, daß wieder fünf Mark dahingingen. Um es kurz zu machen, sei verraten, daß der Baum für zehn Mark immer noch mannshoch war. Noch nadelte er nicht, obwohl er bläßlich im Ton war, aber was heißt das schon.

Baum ist Baum, wenn der viele Schmuck ein übriges tut.

Als ich bezahlen wollte, legte Henry die Hand auf meinen Zehnmarkschein: »Moment mal - was macht ihr nach dem Fest mit dem gewaltigen Baum?«

Nun hatte ich etwas getrunken, das gebe ich zu, und lachte über die dumme Frage. Jeder weiß, daß man einen Baum in Stücke sägt und verheizt oder ihn nachts vor die Haustür stellt - möglichst nicht vor die eigene.

Henrys unpassende Frage, ob die Nummer meiner Kragenweite mit der Zahl meines Intelligenzquotienten identisch sei, überhörte ich taktvoll. »Na ja, entschuldige«, lenkte er ein, »aber man kann übermannshohe Bäume nicht heimlich aus dem Haus schmuggeln!« Er griff nach einer Säge, die im Lager des Verkäufers lag, und war nur mit Mühe davon zurückzuhalten, eine Scheibe vom Stamm abzusägen, um zu beweisen, daß das keine Kleinigkeit wäre. Der Baumverkäufer wies uns vom Platz.

Also gut. Der Gastwirt erzählte, daß er persönlich kleine Bäume viel hübscher fände, man solle zum Fest nicht protzen, der Baum sei ein Symbol, nichts anderes.

Ich gab Henry die restlichen fünf Mark. Nach drei Minuten kam er mit einem sehr hübschen Bäumchen wieder. Wir umarmten uns, und der Wirt gab eine Runde aus. In meiner trunkenen Freude traf ich eine Entscheidung, die ich später bereute. Henry sollte auch ein Bäumchen haben – jawohl! Henry ist schließlich mein Freund – und Hugo auch – so heißt der Wirt –, wir haben ihm das Du angeboten, und er hat eingewilligt. Und da habe ich den Baum geteilt – durch drei, jawohl, Henry ist mein Zeuge –, und weil ich den Baum bezahlt hatte, durfte ich das obere Drittel behalten – jawohl!

ROBERT LEMBKE

Schenk-Zettel

Jeder ordentliche Haushalt hat, je nach Größe, ein Zimmer, einen Schrank, ein Schubfach oder auch nur eine Schachtel »Verschiedenes«. Bei mir ist es ein Schrank; und neben Schlüsseln, von denen niemand weiß, wo sie sperren, der Zigarrenkiste mit Briefmarken und Inflationsgeld von Onkel Anton, den ererbten Briefen, Locken und Bildern von Tante Anna, dem unterschriftsübersäten Bieruntersatz von der Schulabschlußfeier und dem vergilbten Postabschnitt mit dem ersten Honorar befindet sich darin eine Reihe von Weihnachtsgeschenken früherer Jahre, einige noch in der Originalverpackung.

Auch in einem vollen Schrank läßt sich noch eine Menge unterbringen; aber irgendwann bekommt er Metastasen, und dann ist zu Hause Alarmstufe 1. Um zu verhindern, daß eine Frau mit der ihrem Geschlecht eigenen Gefühlskälte (soweit es unsere Vergangenheit betrifft) bleibende Schäden anrichtet und Unersetzliches vernichtet, macht man sich selbst ans Aufräumen.

Ich bin jetzt gerade dabei und habe nur kurz unterbrochen, um Ihnen einen Vorschlag machen zu können, der geeignet ist, eine ganze Reihe von Problemen zu lösen:

Ein erheblicher Teil der Behältnisse »Verschiedenes« in unseren Wohnungen wird beansprucht von Geschenken lieber Menschen. Man kann sie nicht verwenden (da unpassend), und man wagt nicht, sie wegzuwerfen (da von lieben Menschen kommend). Auch weiterschenken ist gefährlich, da die Dinge in einer Art Kreislauf irgendwann wieder zum ursprünglichen Sender zurückkehren und die Mißachtung seiner Aufmerksamkeit offenbaren könnten. Außerdem muß man auch noch damit rechnen, daß passende Geschenke doppelt oder gar mehrfach erscheinen, und mehr als ein Back-Gammon-Brett oder eine Kartenmischmaschine kann auch der spielfreudigste Haushalt nicht verkraften.

Um allen diesen Schwierigkeiten aus dem Weg zu gehen, schlage ich vor, künftig nur mehr Zettel zu verschenken. Diese in einem verschlossenen Umschlag zu Weihnachten überreichten Zettel enthalten eine genaue Bezeichnung des Gegenstandes, den der Schenkende überreichen wollte und den Betrag, den auszugeben er bereit war.

Ich stelle es mir wunderschön vor, unter dem Christbaum sitzend alle die Zettel zu lesen, zu sehen, wer sich was Vernünftiges hat einfallen lassen und wieviel man dem Absender wert war. An Hand der Durchschläge der Zettel, die man selbst verschickt hat, kann man gut vergleichen, wie man »lag«.

Voraussetzung ist natürlich, daß ehrlich gespielt wird, daß man nicht etwa, weil's halt nicht tatsächlich etwas kostet, zu hoch einsteigt, nur um anzugeben. Falls übrigens unter den Papiergeschenken etwas ist, was man wirklich gern hätte, kann man es sich ja von dem Geld, das man für nutzlose Geschenke an andere nicht ausgegeben hat, selbst kaufen.

Glauben Sie mir, die Geschichte ist eine echte Hilfe. Fordern Sie vom Verlag Sonderdrucke dieses Artikels an und verschicken Sie ihn an Stelle eines Rundschreibens an Ihren Freundeskreis und an die Verwandtschaft! Es wird sich lohnen.

Bartel F. Sinhuber

Das Weihnachtsfest des Roten Heinz

Anatol: Gnädige Frau - Sie irren sich! Sie kennen diese Mädchen nicht - die sind anders, als Sie sich vorstellen . . . (Arthur Schnitzler)

Die Gegend um den Naschmarkt ist zum Wohnen recht angenehm, nicht gerade der vornehmste Bezirk von Wien, aber lebendig, bunt und nahe dem Zentrum. Man trifft die unterschiedlichsten Menschen aller Schichten und Klassen, die hier leben, die Gassen, Plätze und auch einige dunklere Winkel, die Gasthäuser, Naschmarkt-Beiseln und Kaffeehäuser bevölkern, eine homogene Mischung von Lebens- und anderen Künstlern, von kleinen Angestellten und biederen Geschäftsleuten, von schwulen Kellnern und mütterlichen Huren. Türkische, bulgarische und jugoslawische Obst- und Gemüsehändler sorgen für das orientaliche Ambiente, das nahegelegene Theater an der Wien für etwas schillerndes Flair.

Die den Markt rechts und links begrenzende Wienzeile war einst vom aufgeschlossenen, secessionistisch geprägten Bürgertum als Prachtstraße nach Schönbrunn, als Huldigung an den Kaiser und Gegenstück zur Ringstraße ge-

plant. Die sichtbaren Gegensätze geben den hier Lebenden den adäquaten Rahmen.
Das Weihnachtsfest, von dem hier die Rede sein soll, fand vor einigen Jahren in einem jener modernen, eher gesichtslosen Nachkriegswohnbauten statt, die natürlich auch hier - wie überall - zwischen den noch alten Häusern zu finden sind. Hinter den so gleich aussehenden Wohnungstüren im vierten Stock lebten damals höchst unterschiedliche Parteien.
Da gab es eine türkische Familie mit reizenden Kindern, die selten lärmten, dafür aber immer freundlich »Grüß Gott!« sagten, wenn sie jemandem im Stiegenhaus begegneten. In der Wohnung gleich gegenüber dem Lift führten zwei junge Herren, Michael und Herbert, ein solides häusliches, aber keineswegs zurückgezogenes Leben. Eine Tür weiter lebte in einer zwischen modern und altdeutsch gemütlich eingerichteten Wohnung Rita P.
Rita war das uneheliche Ergebnis eines kurzen und heftigen Flirts, den ihre Mutter einmal mit einem Kellner aus der Leopoldstadt gehabt hatte. Obwohl Rita ihren Vater gar nicht mehr kennenlernte, sollte er doch noch eine wichtige Rolle in ihrem Leben spielen. Das war damals, als ihre Klassenkameradinnen bereits alle beim BDM waren und ihre Mutter hinging und erklärte, Rita sei nicht »würdig« in den BDM einzutreten. Trotzdem wußte in der Klasse niemand, daß Rita keinen Ariernachweis hatte, sondern nur ihre Mutter. Aber eines Tages bekamen sie eine neue Lehrerin; die ließ eines der Mädchen, das immer besonders ruhig und unauffällig war, vortreten und beschimpfte es als Verräterin und Judensau. Da stand Rita auf und sagte: »Bitte - ich bin auch Halbjüdin!«
Rita kam dann an eine andere Schule und erfuhr nicht

mehr, was aus dem jüdischen Mädchen geworden war. Aber sie wußte jetzt, wie falsch und ungerecht Menschen vorurteilen können und wie wichtig es ist, sich im Leben durchzusetzen. Diese Erfahrung kam ihr in ihrem späteren Beruf als Prostituierte sehr zustatten.
Einige Jahre hatte sie einen Freund. Er hieß Heinz und genoß im Milieu einiges Ansehen. Wegen seiner rötlichblonden Haare nannten ihn manche auch den »roten Heinz«. Später trennten sie sich in aller Freundschaft, und Heinz zog sich sozusagen ins »solide Geschäftsleben« zurück. Hin und wieder, etwa zu Weihnachten, besuchte er Rita und brachte ihr als kleine Aufmerksamkeit einen Brillantring oder etwas Ähnliches als Geschenk mit.
Eines Tages zog in eine der Wohnungen im vierten Stock am Naschmarkt ein junges Ehepaar ein. Dr. Arthur O. war Zahnarzt und kam aus Amsterdam. Der Grund, warum sie von Holland nach Wien übersiedelten, war allerdings Arthurs bildhübsche Frau Marjon, die als bekannte Sopranistin an die Wiener Volksoper engagiert worden war. Hätte das Haus in einer anderen Gegend oder gar in einer anderen Stadt gestanden, würde man Jahre brauchen, um zu wissen, wer nun alles hinter den vielen gleichen Wohnungstüren lebt. Doch so anonym geht es am Naschmarkt nicht zu. Es dauerte nur wenige Wochen, da wußte man wenigstens im vierten Stock, welche Partie Marjon demnächst in der Volksoper singen würde und was Arthur am letzten Wochenende auf der Jagd im Burgenland geschossen hatte. Und auch Marjon und Arthur waren über die Identität und die Umstände ihrer neuen Nachbarn bestens aufgeklärt.
Für den Kontakt im vierten Stock waren vor allem Michael und Herbert zuständig. Sie gossen Blumen oder fütterten

Haustiere, wenn jemand im Haus verreiste, oder sammelten die Lottoscheine ein und brachten sie verläßlich in die nächste Trafik. Ab und zu veranstalteten sie einen kleinen Budenzauber, luden Freunde und auch ihre Nachbarn ein und stellten ihre Kochkünste unter Beweis.
Dann kam für Marjon und Arthur das erste Weihnachtsfest in Wien. Zu Krampus tobte Michael schrecklich verkleidet durch alle Wohnungen und tröstete anschließend die türkischen Kinder mit Selbstgebackenem und sich selbst mit einer ganzen Flasche Kognak, die er bei Rita fand. Zum 24. Dezember reisten aus den Niederlanden Arthurs Eltern an, um mit Sohn und Schwiegertochter gemeinsam Weihnachten zu feiern.
Früher hatten sie das Fest mit den Geschwistern und der ganzen Verwandtschaft im großen Haus der Eltern gefeiert, wo unten in der Halle immer eine drei Meter hohe Tanne aufgestellt wurde. Aber Marjon hatte am ersten Feiertag Vorstellung, und so kamen die Eltern eben nach Wien.
Arthur kaufte eine schöne Edeltanne, deren Ausmaße gerade eben noch in die Neubauwohnung paßten. Am Heiligen Abend putzte Marjon sie mit weißen Kerzen, bunten Kugeln und viel Lametta, während Arthur seine Eltern vom Flughafen abholte. So stand der Baum bereits in vollem Glanz, als er gegen vier mit ihnen am Naschmarkt eintraf. Eben hatte man sich zu einem Begrüßungsschluck zusammengesetzt, als es läutete. Arthur öffnete. Draußen stand Rita. Ihre ebenso attraktiven wie üppigen Formen wogten unter einem dezent glitzernden Brokatkleid. Sie drückte ihm eine in Sternchenpapier gewickelte Flasche Champagner in die Hand.
»Ich wollte nur frohe Weihnachten wünschen, Herr Dok-

tor«, sagte sie. »Es ist doch Ihr erstes Weihnachten, ja - ich meine hier in Wien!«
»Das ist wirklich nett von Ihnen, Frau Rita. Ja - ja - danke! Ja, und Ihnen auch schöne Weihnachten!«
Rita, die sonst nie um ein schnelles Wort verlegen war, stand da und lächelte ihn an.
»Ja, schönen Dank«, sagte Arthur noch einmal. »Das ist sehr lieb von Ihnen!« Und dann wußte er nicht, was er noch sagen sollte.
Irgend etwas schien sie auf dem Herzen zu haben, aber es dauerte, bis sie es endlich herausbrachte: »Den Baum - ich meine, haben Sie den Baum schon geputzt? Sie haben so eine schöne Tanne gekauft.«
»Ja, den hat meine Frau schon heute mittag geschmückt.«
»Ich hab ja keinen Baum, wissen Sie.« Sie machte eine Pause. »Ich tät das irgendwie unpassend finden - so - bei meinem Beruf.«
Jetzt wußte Arthur erst recht nicht, was er sagen sollte.
»Dabei hab ich das sehr gern. Weihnachten und einen geschmückten Baum und so -«, sie lächelte ihn an. »Ich will Sie ja nicht stören und schon gar nicht aufhalten. Weil - ich weiß, Sie haben ja Besuch. Aber vielleicht - kann ich nur ganz kurz - darf ich ihn mal anschauen?« Jetzt war es heraus.
»Aber natürlich«, sagte Arthur. »Gern. Kommen Sie nur. Nein, Sie stören nicht. Wir haben ja noch gar nicht angefangen.«
Rita schaute kurz und kritisch an sich herunter, strich eine imaginäre Falte am brokatenen Rock glatt und trat ein.
»Darf ich bekannt machen«, sagte Arthur. »Das ist unsere Nachbarin, Frau Rita. Wir wohnen sozusagen Wand an Wand«, setzte er erklärend hinzu. »Und das sind meine

Eltern. – Darf ich Ihnen etwas anbieten? Einen Sherry? Oder einen Kognak? – Bitte setzen Sie sich doch.«
Jetzt war Rita überhaupt nicht mehr verlegen. Sie bewunderte den Baum und wollte sich eigentlich gar nicht setzen, weil sie doch nicht stören wollte. Notfalls einen kleinen Kognak, aber nur einen ganz kleinen! Dann fragte sie Arthurs Eltern, wie ihnen Wien gefalle. Sie seien eben erst angekommen, sagten sie. Aber ein paar Tage würden sie ja bleiben. Da gibt es noch genügend Zeit, etwas anzusehen.
Die Unterhaltung kam gut in Schwung und riß nicht ab. Es wurde richtig gemütlich. Nach drei weiteren Kognaks holte Marjon Weingläser, und Arthur machte die erste Flasche Grünen Veltliner auf. Es war schon nach sechs Uhr, als es plötzlich wieder an der Tür klingelte. Arthur ging hinaus und sah nach. Vor der Tür stand ein Herr in einem eleganten grauen Flanellmantel mit einem kleinen Weihnachtspäckchen in der Hand.
»Entschuldigen Sie, daß ich bei Ihnen läute«, sagte der Herr im Mantel. »Ich wollte nach nebenan. Die Wohnungstür steht offen, aber es ist niemand da. Ich suche nämlich die Frau Rita. Wir sehen uns ja nur noch selten. Doch Weihnachten, wissen Sie, das ist schon Tradition, da schenke ich ihr halt immer eine Kleinigkeit.«
»Ach ja – natürlich«, sagte Arthur etwas verdutzt. »Die Frau Rita ist bei uns. Kommen Sie doch rein. Wir trinken gerade ein Glas Wein.«
»Ich will aber nicht stören«, sagte der Herr und hob – wie zur Erklärung, daß er nun leider doch stören müsse – sein Weihnachtspäckchen hoch. Dann trat er ein. Als er den Hut abnahm, sah man, daß er rötlich-blonde Haare hatte.

»Kommen Sie bitte weiter«, sagte Arthur.

Drinnen schien niemand überrascht zu sein, daß da noch ein Besuch am Heiligen Abend kam. Am wenigsten Rita.

»Darf ich vorstellen«, sagte sie. »Das ist Herr B.« Und Arthur, der Herrn B. zwar noch nicht kannte, aber schon etwas von seiner Existenz gehört hatte, fügte hinzu: »Ein bekannter Geschäftsmann aus Wien.«

Marjon holte ein weiteres Weinglas, und man saß wohl noch eine Stunde gemütlich beisammen.

Als Arthurs Mutter schließlich anregte, die Kerzen am Baum anzuzünden, stand Herr B. auf und entschuldigte sich. Nun müsse er doch nach Hause. Seine Familie werde sicher schon mit dem Karpfen warten. Auch Rita brach auf. Mit ihrem Weihnachtspäckchen in der Hand verabschiedete sie sich von jedem einzelnen und bedankte sich für den »schönen, gemütlichen Abend«. Und hoffentlich hätten sie nicht gestört . . .

»Wirklich, reizende Leute waren das«, sagte Arthurs Mutter, als sie wieder allein waren. »Und eine attraktive und unterhaltende Nachbarin habt ihr«, fügte sein Vater hinzu.

Marjon und Arthur fanden das auch. Und dabei blieb es. Ihren Eltern weitere Erklärungen oder Ergänzungen zu geben, fanden sie völlig überflüssig. Der Name »roter Heinz« hätte ihnen ohnehin nichts gesagt.

Hugo Wiener

Eine schöne Bescherung

Pinagls gaben eine Weihnachtsparty. Sie haben zwei süße Kinder, Susi, sechs, und Paul, acht – warum also nicht? Wenn wir, meine Frau und ich, Kinder hätten, würden wir vielleicht auch eine Weihnachtsparty geben. Weihnachten ist ja das Fest für die lieben Kleinen. Sie zeigen einander die neuen Spielsachen, jedes hätte lieber das des anderen, sie beginnen zu streiten und zu weinen, bis sie, zum Vergnügen der Erwachsenen, in ihre Betten geschickt werden. Aber ich will nicht vorgreifen.

Als wir ankamen, waren bereits zwei andere Ehepaare da: unser Anwalt, Dr. Robinson mit Gattin, sowie Herr und Frau Wimmer mit einem reizenden, ungefähr sieben Jahre alten Jungen, den sie bald »Bubi«, bald »Liebling«, bald »Engel« und bald »Schönheit« riefen. Wie er wirklich hieß, weiß ich bis heute nicht.

Wir versammelten uns in Pinagls Arbeitszimmer und tranken Sherry. Plötzlich klingelte das Christkind. Frau Pinagl öffnete die Tür zum Wohnzimmer – wir waren geblendet. Unter einem Plastikbaum mit Plastikkerzen lagen für Susi eine Plastikpuppe, eine Plastikküche und eine Plastikpuppenkücheneinrichtung – für Paul eine Plastikeisenbahn, ein Plastikfeuerwehrauto und ein Plastik-MG. Bubi bekam eine Plastiktrompete, Plastikindianer und Plastikcowboys.

Dazu klang es vom Plattenspieler her »I can give you anything but love, baby«, gesungen von Louis Armstrong. Frau Pinagl hatte die Platte verwechselt. Sie wollte eigentlich »Stille Nacht, heilige Nacht« spielen. Pinagl warf seiner Frau einen unweihnachtlichen Blick zu, die Platte wurde ausgewechselt, und im Nu war die feierliche Stimmung wiederhergestellt. Die Kinder stürzten sich auf ihre Plastikspielsachen, es war rührend, und ich fühlte, wie sich eine Plastikträne in mein Auge stahl.
Nun wurden die Erwachsenen beschert. Pinagl schenkte mir eine Krawatte, die - wie ausgesucht - zu keinem meiner Anzüge paßte, meine Frau bekam einen Brieföffner, auf dem »Gruß aus Ischl« stand. Wer sie aus Ischl grüßen ließ, haben wir nie erfahren. Wir schenkten Pinagls einen Salz- und Pfefferstreuer, den sie wahrscheinlich nie verwenden werden. Sie waren sehr häßlich. Robinsons bekamen von Pinagls einen Wandteller und schenkten Pinagls dafür die kleine Vase, die wir im Vorjahr den Pfandls geschenkt hatten. Ich erkannte sie an dem Sprung, den sie hatte. »Entschuldigt«, hatte ich damals gesagt, »das muß mir beim Einpacken passiert sein!« So etwas konnte nur mir einfallen. Ich bin ein Schlauer! »Entschuldigt«, hörte ich im selben Moment Robinson sagen, »das muß mir beim Einpacken passiert sein!« Meine Frau mußte lachen. Sie sagte, aus Freude über den Brieföffner.
Die Wimmers bekamen einen kleinen Elefanten - es war derselbe, den beim letzten Weihnachtsfest die Wolfs den Pinagls geschenkt hatten - und brachten Susi dafür ein Bilderbuch und Paul ein zeitgemäßes Puzzlespiel: »Vereinte Nationen.« Wie immer man es zusammensetzte, war es falsch. Bubi bekam »Der kleine Bastler: Wie baue ich eine Atombombe?« Er befaßte sich sofort damit, und in 10 Mi-

nuten gab es eine Explosion. Menschenleben gab es keine zu beklagen, aber wir alle hatten schwarze Gesichter. Bubi scheint die Gebrauchsanweisung nicht richtig gelesen zu haben. Aber alle lachten und verwünschten innerlich den kleinen Bastler und den, der ihm dieses Geschenk gemacht hatte. Daß die kleine Perserbrücke Feuer fing und verbrannte, störte mich nicht. Es war mir noch rechtzeitig gelungen, die Krawatte, die Pinagls mir geschenkt hatten, unbemerkt in die Flammen zu werfen.
Zum Essen gab es Geflügelcremesuppe, Truthahn, eine Eisbombe - und dazu ein Blaskonzert für Plastiktrompete, alternierend ausgeführt von den Geschwistern und Herrn Bubi Wimmer. Schließlich wollte Bubi seine Trompete nicht mehr aus der Hand geben, die Kinder stritten und weinten (siehe oben), und Susi und Paul wurden zu Bett geschickt. Bubi suchte für den Rest des Abends die Trompete, die ich, während des Abgangs der Pinaglkinder, geschickt mit dem Fuß unter die Couch gestoßen hatte.
Um Mitternacht brachen wir auf. »Ich möchte euch für den reizenden Abend danken«, sagte ich zu Pinagls und dachte dabei: »Aber ich kann es nicht!« Wimmers und Bubi empfahlen sich ebenfalls. Dr. Robinson und Frau bestanden darauf, uns in ihrem neuen Wagen nach Hause zu bringen. »Das ist nicht nötig«, sagten wir, »wir wohnen keine zehn Minuten von hier, und ein kleiner Spaziergang ist ganz gesund.« Aber Robinson ließ nicht locker. »Ich lasse euch bei Nacht nicht zu Fuß gehen«, sagte er, »ihr wißt, wie unsicher es auf den Straßen ist.« Also sagten wir ja. Und warum sollten wir nicht mit ihm fahren? Wenn ich an die Anwaltsspesen dachte, die wir ihm im Laufe der Jahre bezahlt hatten, gehörte mindestens eines der vier Räder uns.

Der neue Wagen war ein Prachtstück. »Ihr müßt beide von der linken Seite einsteigen«, sagte Robinson, »von der rechten Tür ist der Türgriff abgebrochen und kann erst nach Weihnachten repariert werden. Bei neuen Wagen kommt das vor.« Also stiegen wir von der linken Seite ein. Der Wagen war etwas niedrig, so daß ich mir sofort das Kreuz verrenkte. Schwungvoll warf Robinson die Tür zu, stieg ein und startete. Das heißt, er wollte starten. Der Wagen sprang nicht an. »Es ist ihm kalt!« sagte Frau Robinson, und wir nickten verständnisvoll. »Bei neuen Wagen kommt das vor.« Dem Wagen war volle zwölf Minuten kalt. Endlich gab es einen Ruck. Der Wagen war, wie bereits erwähnt, etwas niedrig, wodurch mein Kopf gegen das Dach schlug. »Hast du dir weh getan?« fragte Frau Robinson. Ich sagte nein und wußte nicht, was mehr schmerzte – der Kopf oder das Kreuz. Wir fuhren los und waren in vier Minuten vor unserem Haus.
Wir reichten Robinsons die Hände und dankten ihnen, daß sie uns nach Hause gebracht hatten. »Ihr müßt links aussteigen«, sagte Robinson, »von der rechten Tür ist der Türgriff abgebrochen und kann erst nach Weihnachten repariert werden.« Wir wußten das bereits – bei neuen Wagen kommt das vor – wir wollten aussteigen – die Tür ging nicht auf. »Du mußt leicht dagegendrücken«, sagte Robinson. Ich drückte leicht dagegen, ich drückte stark dagegen – die Tür ging nicht auf. »Deine Frau soll gegen *dich* drükken«, riet Robinson. Meine Frau drückte gegen mich, ich drückte gegen die Tür – die Tür ging nicht auf. »Ich werde es von außen versuchen«, meinte Robinson und wollte aussteigen – aber auch seine Tür ging nicht auf. »Versuch es bei dir«, sagte er zu seiner Frau. Frau Robinson versuchte – auch ihre Tür ging nicht auf. »Wir sind gefangen!«

stellte meine Frau fest. »Lächerlich!« meinte Robinson. »Versuchen wir es zu dritt!« Er stand auf, drehte sich um, kniete sich auf seinen Sitz, drückte gegen meine Frau, meine Frau drückte gegen mich, ich drückte gegen die Tür - die Tür ging nicht auf. Robinson drehte sich nach vorn, wobei er seiner Frau die Perücke verschob, und wir verschnauften ein wenig. Meine Frau hatte eine Weltidee: »Wir zerbrechen eines der Fenster, stecken die Hand durch und versuchen es von außen.« Robinsons Blick verdüsterte sich. »Das Glas ist unzerbrechlich«, sagte er. Langsam wurde es kalt, weil die Heizung nur funktionierte, wenn man den Motor laufen ließ. Robinson stellte also den Motor wieder an. Vier Menschen, in Pelze gehüllt, erbarmungslos eingeschlossen in einen Wagen, dazu der Benzingeruch - Robinson stellte den Motor wieder ab. Es wurde wieder kalt.

»Wenn wir zu Fuß gegangen wären«, stöhnte meine Frau, »könnten wir jetzt schon im Bett liegen.«

»Ist das der Dank, daß wir euch mitgenommen haben?« krähte Frau Robinson. Frau Robinson krähte immer, aber in dieser Nacht war sie besonders gut bei Kräh.

»Wir wollten ja nicht mitgenommen werden!« konterte meine Frau.

»Hast du gehört, Emil?« rief Frau Robinson höhnisch. »Sie wollten nicht mitgenommen werden!« Und zu uns: »Vor dem Wagen seid ihr gestanden und habt ihn so lange angeglotzt, bis wir euch mitnehmen *mußten*!«

Meine Frau wandte sich entrüstet an mich. »Was sagst du!?« fragte sie. »*Wir* haben den Wagen angeglotzt!«

Ich versuchte, Frieden zu stiften. »Wir haben den Wagen *nicht* angeglotzt, Bela«, sagte ich zu Robinson.

»Und *wenn* wir ihn angeglotzt haben«, fügte meine Frau

hinzu, »dann haben wir ihn nur angeglotzt, weil wir uns gefragt haben, welche Snobs ein solches Ungetüm fahren.«
Meine Bemühungen, den Frieden zu erhalten, war gescheitert, denn jetzt mischte sich Robinson ins Gespräch.
»Das ist eine Beleidigung«, schrie er. »Den ›Snob‹ lasse ich nicht auf mir sitzen!«
»Ich auch nicht!« pflichtete seine Frau ihm bei.
»Ihr könnt uns ja verklagen!« sagte meine Frau.
»Drauf könnt ihr euch verlassen!« schrie Robinson wieder.
»Hättet ihr euch ein Taxi genommen, wenn euch unser Wagen nicht paßt!« fiel Frau Robinson ein.
»Wir wollten ja gar nicht fahren!« brüllte nun meine Frau.
»Ihr habt uns ja nicht zu Fuß gehen lassen!«
Robinson tobte. »Das ist eine Lüge!« schrie er.
Das war wieder mir zuviel. »Wollt ihr vielleicht behaupten, daß meine Frau eine Lügnerin ist?«
»Mischen Sie sich nicht ein!« stellte Robinson mich ab. Wir waren bereits per Sie. »Im übrigen, verlassen Sie meinen Wagen!«
»Wenn wir das könnten«, dachte ich.
»Wagen?« lachte meine Frau, aber es war kein freundliches Lachen. »Das ist doch kein Wagen! Das ist ein fahrendes Gefängnis! Darin fühlen vielleicht Sie sich wohl und auch Ihre Frau, aber wir nicht!«
»Wollen Sie damit andeuten, daß meine Frau und ich ins Gefängnis gehören?« fragte Robinson lauernd. »Ich werde Sie verklagen! Wegen Ehrenbeleidigung!«
»Und ich werde *Sie* verklagen! Wegen Freiheitsberaubung!« schrie jetzt auch ich.
»Sehr richtig!« stimmte meine Frau mir zu. »Wie kommen

wir dazu, die Nacht in einem solchen Vehikel zu verbringen!«
»Vehikel!« Frau Robinson fiel fast in Ohnmacht. »Wissen Sie, was dieses ›Vehikel‹ gekostet hat? Zweihundertvierzigtausend Schilling!«
»Haben Sie es schon bezahlt?« fragte ich grinsend.
»Nicht ganz«, grinste Robinson zurück. »Den Rest werde ich bezahlen, bis Sie die Güte haben werden, das Honorar zu begleichen, das Sie mir von Ihrem letzten Plagiatsprozeß her noch schuldig sind!«
Jetzt hatte ich genug. »Sie Winkeladvokat!« schleuderte ich ihm ins Gesicht.
»Sie Schandfleck der Literatur!« gab er den Ball zurück. »Sie und Ihre Brettldiva –«
»Brettldiva?« unterbrach meine Frau ihn empört. »Mich hat mein Mann aus Liebe geheiratet, während Sie Ihre Frau nur genommen haben, weil sie eine Million Schilling hatte!«
»Das kannst du nicht sagen«, wies ich meine Frau scheinbar zurecht. »Er hätte sie auch genommen, wenn sie eine Million Dollar gehabt hätte! Hahaha!« Ich beschloß, mir diese Pointe zu merken.
»Hahaha!« machte Robinson mir nach.
»Das läßt du dir gefallen?« kreischte seine lautere Hälfte. Robinson holte aus und wollte mir eine Ohrfeige geben. Zu unserem größten Vergnügen bedachte er die Enge des Raumes nicht und schlug seine Frau mit dem Handrücken ins Gesicht.
»Du hast mich geschlagen!« begann sie zu jammern. »Nach zwanzigjähriger Ehe!«
»Wenn du mir mit dem Gesicht in die Hand rennst!« fauchte Robinson sie an. Die beiden vergaßen uns und

stritten sich nach Art des Hauses. Meine Frau und ich lehnten uns zurück, und bald waren wir eingeschlafen.

Plötzlich erwachte ich. Jemand mußte aus dem Wagen gefallen sein. Als ich mich umsah, war *ich* es. Ich mußte mich gegen die Tür gelehnt haben, die anscheinend plötzlich von selbst aufgegangen war. Zu meinem Glück war ich in einen Schneehaufen gefallen, sehr zum Gaudium der Kinder, die den Wagen umstanden. Es war bereits 8 Uhr früh.

Ich öffnete die restlichen drei Türen, weckte meine Frau und die Robinsons.

»Na also!« sagte Robinson freundlich. »Da wären wir.«

»Ja«, sagte ich, »und vielen Dank, daß ihr uns mitgenommen habt.«

»Fröhliche Weihnachten!« sagte meine Frau.

»Fröhliche Weihnachten!« sagten Robinson-Er und Robinson-Sie. »Und laßt euch bald bei uns anschaun!«

Dann fuhren sie los. Wir winkten ihnen nach. An der nächsten Ecke hatten sie eine Panne.

Bei neuen Wagen kommt das vor.

Oliver Hassencamp

Weihnachtsbilanz einer deutschen Familie

1945

Vater:	Amerikanische Taschenlampen-batterie, Paar Schuhsohlen
Mutter:	Wiechert: DAS EINFACHE LEBEN, Wollstrümpfe, 0,5 Pfund Kaffee
Sohn:	Kasperlefiguren
Tochter:	Puppe (aus Uniformstoff)
Onkel Eugen:	Großvaters Regenpelerine
Tante Lisbeth:	2 Topflappen
Freund Paul:	Ohrenschützer
Schwiegervater:	(im Lager)

1947

Vater:	Fahrradschläuche, Schweizer Chronometer, Camel
Mutter:	Amerikanische Wolldecke, Dose Nescafé, DAS BUCH VOM TEE
Sohn:	Candies, Roller (antiquarisch)
Tochter:	Candies, Kleidchen (aus Tischdecke)
Onkel Eugen:	Rasierapparat (gegen Raucherkarte)
Tante Lisbeth:	Peanutbutter, Reader's Digest
Freund Paul:	Lucky Strike, Aluminiumaschen-becher
Schwiegervater:	(noch im Lager)

Captain Sullivan:	Altdeutschen Zierhumpen, Perserbrücke

1949

Vater:	Schonbezüge (Opel P4), Anzugstoff, Camel
Mutter:	Kalbfellmantel, Nylonstrümpfe, Schuhe
Sohn:	Anorak, Karl May
Tochter:	Teddybär, Pullover
Onkel Eugen:	Diplomatentasche, Krawatte
Tante Lisbeth:	Christstollen, Flasche Vermouth
Freund Paul:	Fahrrad (vom Vater)
Schwiegervater:	Argentinienreise (einfach)

1951

Vater:	Borgward, Smoking, Cognac, Zigarren
Mutter:	Cocktailkleid, Perlenkette
Sohn:	Fahrrad, Werkzeugkasten
Tochter:	Kunstlaufschlittschuhe, Webrahmen
Onkel Eugen:	Schweizer Chronometer (vom Vater)
Tante Lisbeth:	Christstollen, Flasche Vermouth
Putzfrau:	Wollschal, Handschuhe
Chef:	Kunstdruck (Böcklin)

1953

Vater:	Goldene Uhr mit Goldarmband, Siegelring, Zigarren, Reise- und Opernführer
Mutter:	Persianer, Ceram: GÖTTER, GRÄBER UND GELEHRTE, Siegelring
Sohn:	Moped, Duffle Coat

Tochter:	Skiausrüstung, Duffle Coat
Onkel Eugen:	Ledermantel, Kirst: 08/15
Tante Lisbeth:	Christstollen, Flasche Vermouth
Dienstmädchen:	Eau de Cologne, Wecker
Geschäftspartner:	Kiste Spätlese

1955

Vater:	Krokodilbrieftasche, Krokodilfüllhalteretui, Krokodilzigarettenetui, Krokodilstreichholzetui, Brillantring
Mutter:	Krokodilhandtasche, Krokodilschuhe, Brillantring, Fernsehtruhe (Chippendale)
Sohn:	Vespa, Siegelring (vom Vater)
Tochter:	Plattenspieler, Schallplatten, Siegelring (von der Mutter)
Tante Lisbeth:	Christstollen, Flasche Vermouth
Dienstmädchen:	Kofferradio, Eau de Cologne, Seife
»X«:	Appartement, Modellkleid, Krokodilhandtasche

1957

Vater:	Chrysler, Ferienhaus (Tessin), Cuba-Zigarren
Sohn:	Volkswagen, Smoking, Magnetophon, goldene Armbanduhr
Tochter:	Goldenes Armband, Cocktailkleid (von Dior), Satz Lederkoffer, Krokodilhandtasche
1. Dienstmädchen:	Gehaltserhöhung, Eau de Cologne, Seife

2. Dienstmädchen:	Gehaltserhöhung, Eau de Cologne, Seife
Abgeordneter Y:	Freßkorb (DM 400,-)
Rechtsanwalt:	Freßkorb (DM 500,-)
»X«:	Nerzstola, 190 SL

1959

Vater:	Manschettenknöpfe (18 Karat), Gehpelz, Cuba-Zigarren
Tochter:	Appartement, Nerzstola, 190 SL
1. Dienstmädchen:	Eau de Cologne, Seife, DM 500,- (im Kuvert)
2. Dienstmädchen:	Eau de Cologne, Seife, DM 250,- (im Kuvert)
Chauffeur:	Gehaltserhöhung, Ledergürtel, Feuerzeug
Rechtsanwalt:	Gotische Madonna (Lindenholz)
Steuerberater:	Krimsekt, Dose Kaviar
Gemeindekasse: (Tessin)	DM 5000,-
»X2«:	Appartement, Modellkleid, Krokodilhandtasche
Sohn:	Kaution (DM 20000,-)

Carlo Manzoni

Geschenkartikel

Zur Weihnachtszeit betrat Signor Veneranda ein Geschäft für Geschenkartikel. »Das ist ein Geschäft für Geschenkartikel, nicht wahr?« fragte Signor Veneranda die Verkäuferin.

»Ja«, sagte die Verkäuferin, »mit was kann ich Ihnen dienen?«

»Ach, wegen mir . . .«, sagte lächelnd Signor Veneranda, »mir ist's eigentlich egal.«

»Wie bitte?« fragte die Verkäuferin, die nicht begriff.

»Ich habe gesagt, mir ist's egal«, sagte Signor Veneranda, »das überlasse ich Ihnen.«

»Was überlassen Sie mir?« fragte die Verkäuferin erstaunt. »Ich habe Sie gefragt, was Sie wünschen.«

»Hören Sie«, sagte Signor Veneranda, »ich will Ihnen kein Kompliment machen, aber womit Sie mir auch dienen, es wird mich auf jeden Fall freuen. Wirklich, ich überlasse es ganz Ihnen.«

»Ich verstehe nicht«, stotterte die Verkäuferin, die wirklich nicht verstand, »wollen Sie denn nicht einen Geschenkartikel kaufen?«

»Aber nein«, sagte Signor Veneranda, »warum soll ich ein Geschenk *kaufen*? Ein Geschenk schenkt man doch, oder? Lassen *Sie* sich Geschenke bezahlen?«

»Aber nein«, sagte die Verkäuferin.

»Und warum wollen Sie dann, daß *ich* sie Ihnen bezahle?« sagte Signor Veneranda. »Wenn ich Ihnen ein Fläschchen Parfüm schenke, bezahlen Sie es mir dann?«

»Aber . . .«, stotterte die Verkäuferin, die nicht mehr wußte, was sie sagen sollte. »Das hier ist ein Geschäft, das Geschenkartikel verkauft.«

»Hören Sie, nur keine Ungenauigkeiten«, sagte Signor Veneranda. »Verkaufen ist etwas, und schenken ist etwas anderes. Wenn Sie verkaufen, ist es unnötig, daß Sie schenken. Stimmt's? Ich sehe schon, Sie wollen mir nichts schenken. Sie haben auch keine Verpflichtung, mir etwas zu schenken, aber dann wäre es besser gewesen, es gleich zu sagen.« Signor Veneranda grüßte die Verkäuferin, ging brummend und schlug die Tür zu.

Bernd Philipp

Alle Jahre wieder: Der Fluch der guten Tat

Früher verliefen in unserer Großfamilie die Vorbereitungen für Weihnachten immer so: Schwester Renate fragte Schwester Edeltraud: »Was schenkst du unserer Schwester Gundelar?« Schwester Gundelar fragte Schwester Renate: »Was schenkst du Edeltraud?« Dann wollte Renate von Edeltraud wissen: »Was machen wir bloß mit Bernd in diesem Jahr? Er ist so ein langweiliger Typ – da fällt keinem Menschen etwas ein!«

Ich selbst fragte Mutter um Rat: »Was kann ich Renate, Edeltraud und Gundelar schenken?«

Eine große Familie kann ein Kreuz sein. Mit drei Schwestern ist so ein kleiner Bruder natürlich ohnehin schon gestraft.

Aber: Als ob das Leben nicht schon kompliziert genug wäre, mußten alle drei Schwestern auch noch heiraten, wodurch sich das Geschenke-Problem regelrecht potenzierte. Apropos Potenz. Sämtliche Schwestern nebst Gatten meinten, Kinder in die Welt setzen zu müssen. In jedem Jahr waren wir zwei Personen mehr. Ich habe neulich gelesen, daß das deutsche Volk vom Aussterben bedroht sei. Ich kann versichern: Meine Familie ist daran nicht schuld!

Wir werden immer mehr! Carsten, mein ältester Neffe, ist

22 Jahre alt und lebt bereits in einer eheähnlichen Beziehung. Seine nette Freundin Biancka gehört selbstverständlich inzwischen auch zur Familie. Neffe Fabian ist 16. Er hat neulich so einen roten Kopf bekommen, als ich ihn ansprach. Ich wette: Er hat schon seine Frau fürs Leben gefunden und wird sie demnächst der Familie vorstellen. Dann überlegen alle.

Ja, wenn da nur das Weihnachtsfest wäre! Aber es haben ja alle auch noch irgendwann Geburtstag. Und die »Vereinigten Neffen« sind zusätzlich in eine tiefe Religiösität getaucht – und lassen sich unentwegt einsegnen (jeder verdient dabei rund 3000 Mark!).

Und nun Weihnachten! Was soll man schenken? Da lob' ich mir doch meine Mutter! Sie wünscht sich seit Jahren nichts Materielles, »einfach nur liebe Kinder«, sagt sie.

Nun frage ich mich: Wie werde ich in meinem Alter noch ein liebes Kind?

Art Buchwald

Santa Claus sieht fern

Santa Claus saß am Weihnachtsabend vor seinem Fernsehapparat und sah sich das Endspiel zwischen den Redskins und den Green Bay Packers an, als Mrs. Claus hereinkam.

»Willst du den ganzen Abend hier sitzen und dir dieses idiotische Footballspiel ansehen?«

»Würdest du bitte rausgehen und mich in Ruhe lassen?« sagte Santa Claus.

»Aber du mußt zur Arbeit. Der Schlitten ist hoch mit Spielsachen bepackt, und die Rentiere sind schon sehr ungeduldig.«

»Dieses Endspiel bedeutet mir aber sehr viel. Wenn den Rentieren kalt ist, können sie ja hereinkommen und sich das Spiel mit mir anschauen.«

»Wie kannst du nur so sein? Die Kinder in der ganzen Welt warten darauf, daß du heute abend durch ihre Schornsteine herunterkommst. Du schaffst es nie, wenn du jetzt nicht aufbrichst.«

Santa öffnete noch eine Dose Bier. »Um Himmels willen, Frau, kann ich nicht mal ein paar Stunden ausspannen, ohne daß du mich ankläffst?«

»Wenn du die Spielsachen nicht zustellst, werden sie sich einen neuen Santa Claus suchen, und du bist arbeitslos.«

Santa trank einen Schluck. »Woher sollte ich wissen, daß am Weihnachtsabend ein Endspiel stattfindet? Hätte ich es gewußt, hätte ich die Spielsachen gestern zugestellt.«

»Gestern war nicht Weihnachtsabend!« schrie Mrs. Claus. »Wie du da sitzt in deinem Unterhemd und deinen dicken Bauch rausstreckst und Bier säufst. Das ist vielleicht eine Weihnachtsstimmung.«

»Da läuft Larry Brown vor!« rief Santa. »Mindestens zwölf Meter weit.«

»Du hörst mir ja gar nicht zu. Wirst du dich jetzt anziehen, auf deinen blöden Schlitten steigen und dich an die Arbeit machen?«

»Nicht bevor das Spiel aus ist«, sagte Santa. »Ich kann jeden Tag arbeiten, aber wie oft kommen die Redskins ins Endspiel? Hast du noch ein paar Kartoffelchips zum Bier?«

»Verstehst du denn nicht, daß Weihnachten nicht Weihnachten ist, wenn du die Spielsachen nicht verteilst? Stell dir das vor – morgen früh werden Millionen und Millionen von Kindern aus ihren Schlafzimmern kommen, ihre Herzen werden pochen, ihre Knie zittern – und was werden sie finden? Nichts. Warum? Weil Santa Claus auf seinem fetten Hintern sitzt und sich ein Footballspiel ansieht.«

»Du kannst leicht reden«, sagte Santa. »Aber ich hab Sonntag für Sonntag hier gesessen und die Redskins angefeuert. Und jetzt, wo sie's geschafft haben und im Endspiel sind, soll ich sie im Stich lassen und am kältesten Tag des Jahres einen Haufen Spielsachen zustellen. Aber nun sei ruhig. Das ist vielleicht ein entscheidender Angriff.«

»Also schön«, sagte Mrs. Claus, »wenn du unbedingt vor diesem Fernseher hocken mußt, dann stelle *ich* die Spielsachen zu.«

»Aber du kannst doch nicht bei dem eiskalten Wetter mit dem Schlitten fahren.«
Mrs. Claus zog Mantel und Stiefel an und schlang ein Tuch um ihren Kopf. »Macht nichts. Ich kann nicht zulassen, daß die Kinder so enttäuscht werden.«
»Okay«, sagte Santa achselzuckend. »Hier ist die Liste. Sei über Detroit vorsichtig. Dort ist zu dieser Jahreszeit starker Smog.«
Mrs. Claus nahm die Liste, stampfte hinaus und schlug die Tür zu. Santa trank die Dose Bier aus. »Die Weiber können es einfach nicht vertragen, wenn sie sehen, daß ein Mann sich amüsiert. Ho! Ho! Ho!«

Helmut Qualtinger

Travniceks Weihnachts-Einkäufe

Freund Was, Travnicek, denken Sie wenn Sie Weihnachtseinkäufe machen?
Travnicek Ich denk, was das kostet. Wann i die Sachen im Frühjahrsverkauf besorgt hätt, wär's dasselbe g'wesen, aber um die Hälfte billiger.
Freund Aber Travnicek, im Frühjahr können S' doch nicht wissen, was Ihre Leut sich zu Weihnachten wünschen.
Travnicek Des weiß i jetzt a net.
Freund Na, für wen haben S' denn alles eingekauft?
Travnicek Was is das für a Frage? I geh in a Geschäft eini, schnapp, was i kriegen kann, und schau, daß i mit mein' Wagen weiterkomm, bevor sie mich aufschreiben.
Freund Na und?
Travnicek Zu Haus pack i's aus, denk nach, wem i's anhängen kann –.
Freund Was, Travnicek, grübeln Sie?
Travnicek Ich denk nach, ob ich mehr Pakete oder mehr Verwandte hab.
Freund Sie sind prosaisch, Travnicek. Man schenkt doch, um den Leuten eine Freude zu machen. Macht es Ihnen keine Freude, wenn Sie was geschenkt kriegen?
Travnicek Schaun Se, schaun Se, voriges Jahr zu Weihnachten schenk i mein' Onkel a Krawatten, die mir gefallt.

Er schenkt mir a Krawatten, die ihm gefallt. Also, was soll i mit der Krawatten? Wann i a Glück hab, kann i mi dran aufhängen.

FREUND Sie haben, Travnicek, keine Poesie. Denken Sie doch an Ihre Kindheit. Was pflegten Sie zu Weihnachten zu kriegen?

TRAVNICEK Watschen.

FREUND Wie das, Travnicek.

TRAVNICEK Ich pflegte den Baum anzuzünden.

FREUND Absichtlich?

TRAVNICEK Nein, es hat sich so ergeben.

FREUND Na, glücklicherweise gibt es noch Leut, die sich ihr kindliches Gemüt bewahrt haben, die was noch ans Christkindel glauben.

TRAVNICEK Ja, die Geschäftsleut.

FREUND Nicht nur die. Schaun S' mi an. I zieh mir zu Weihnachten immer einen Pelz und einen Bart an.

TRAVNICEK Da werd'n S' gut ausschaun.

FREUND Und ich bring den Kindern Geschenke. Gehen S' auch als Weihnachtsmann, Travnicek?

TRAVNICEK Ja, zu meiner Schwester.

FREUND Haben Sie da auch einen Bart und einen Pelz.

TRAVNICEK Na.

FREUND Warum nicht?

TRAVNICEK Wann i kommen bin, da hab'n die Kinder immer gesagt: »Der Onkel Travnicek.« Hab i mir denkt, gehst amal in Zivil, ohne Bart.

FREUND Aber das ist doch keine Überraschung.

TRAVNICEK Wieso, die Kinder waren sehr überrascht, sie haben nicht mehr gesagt, der Onkel Travnicek kommt als Weihnachtsmann, sie haben gesagt, der Weihnachtsmann kommt als Onkel Travnicek.

FREUND Kinder haben eben Phantasie. Des kommt von die vielen Märchen, wo's lesen. Wissen Sie, Travnicek, ich les auch noch Märchen. Haben S' jemals Märchen g'lesen?
TRAVNICEK Natürlich, natürlich, warum denn net, hör'n S'. Da hab i g'lesen: Der Ratenschwindler von Hameln, Die Prinzessin auf der Erbsensuppe und des Schneewittchen und die fünf Zwerge.
FREUND Wieso fünf, es sein doch siebene.
TRAVNICEK Ja, zwa hab i vergessen.
FREUND Na, und Aschenbrödel?
TRAVNICEK Lass'n S' mi aus mit der Dienstbotenfrage.
FREUND Dornröschen?
TRAVNICEK Dornröschen. Hör'n S', mich hat neulich einer aufgeweckt.
FREUND Mit an Kuß?
TRAVNICEK Na, mit an Moped, was glauben S', was i dem erzählt hab.
FREUND Sie san prosaisch, Travnicek. Hänsel und Gretel?
TRAVNICEK Das mit dem Lebkuchenhaus ist ganz und gar unpädagogisch. Die Kinder verderb'n sich den Magen, kriegen a Gastritis, wer'n bösartig. Nachher schmeißen s' die Alte ins Feuer - Halbstarkenproblem.
FREUND Travnicek, streiten wir nicht! Für mich ist zu Weihnachten die ganze Stadt ein Märchen. Überall auf den Geschäftsstraßen blitzt es und flimmert es. Kranzeln, Girlanden und Sterndeln. Wenn Sie's so funkeln und leuchten sehn, Travnicek, was wünschen Sie sich?
TRAVNICEK An Kurzschluß.
FREUND Sehn S' und mi freut's, das ist eben der Unterschied zwischen uns beiden. Der schönste Brauch für mich aber, Travnicek, ist eine Spezialität, die was nur Österreich hat.

TRAVNICEK Was hat nur Österreich?
FREUND Die Stempel
TRAVNICEK Was für Stempel?
FREUND Na, die Poststempel auf den Briefen. Ist des net schön? Das ist für mich der sinnigste Brauch in der ganzen Weihnachtszeit.
TRAVNICEK Des ist kein sinniger Brauch, des ist a Zufall.
FREUND Was ist a Zufall?
TRAVNICEK Daß der Ort so heißt, der Ort in Oberösterreich. Wann i Christkindel haßen möcht, könnt i zu Weihnachten auch Briefe abstempeln.
FREUND Sie können auf jeden Fall zu Weihnachten Briefe abstempeln.
TRAVNICEK Ja, was hab i davon, wann i zu Weihnachten Briefe abstempel, nachher steht Travnicek drauf, glauben S', da kommt jemand in Weihnachtsstimmung?

Carl-Heinz Schroth

Weihnachten 1965

Bei Durchsicht meiner Aufzeichnungen fällt mir auf, daß ich eine recht schlüpfrige Geschichte von mir gegeben habe über eine Weihnachtsmärchenvorstellung in Frankfurt an der Oder. Ich meine, ich sollte diese Scharte auswetzen und über ein Weihnachtserlebnis berichten, daß man in jedem Mädchenpensionat erzählen kann.

Meine Ehe war gerade zu Ende gegangen, oder so gut wie zu Ende gegangen. Nach der Tournee von »Die großen Sebastians« bin ich, ich gebe es zu, von Bord gesprungen. Ich konnte das, wie ich meinte, guten Gewissens tun, denn ich habe das Schiff nicht führerlos dem brodelnden Meer überlassen, ein neuer Lotse war schon an Bord. Das Haus, für uns und den Jungen gebaut, war gerade fertig geworden und sollte nach unserer Trennung meiner Frau gehören, das war so abgemacht und in Ordnung. Und so war es auch in Ordnung, daß sie mit meinem Nachfolger dort einzog. Der Einfachheit halber hat er sich nicht nur in das Haus gesetzt, sondern auch gleich in meinen Wagen. Ich fand das richtig, denn es war ein Straßenkreuzer, der sowieso nicht zu mir paßte. Er hingegen hatte die lässige Eleganz, mit der man solche Wagen fährt, von der Wiege an mitbekommen.

Übrigens, ich will mich nicht besser machen als ich bin –

ich hatte auch jemanden. Ich hatte Barbara und sie ist mein Haupttreffer. Das wußte ich aber damals noch nicht so genau. Jetzt war es erst einmal ein Segen, daß Barbara eine Wohnung hatte, eine Zweizimmerwohnung im vierten Stock. Ich wäre sonst obdachlos gewesen. Und einen Wagen hatte sie auch, so stieg ich denn um. Vom Straßenkreuzer auf einen VW aus dem Jahre Schnee. Immerhin auch ein Cabrio, allerdings mußte das Verdeck notdürftig mit Leukoplaststreifen zusammengehalten werden, aber ich denke mit Wehmut an ihn zurück, denn wir waren sehr glücklich mit ihm. Wir waren auch sehr glücklich mit der kleinen Wohnung im vierten Stock. Mich beruhigte der Gedanke, daß der Junge, wenn er endgültig aus dem Internat kommen würde, ein richtiges, für ihn gebautes Zuhause vorfinden würde, das auf ihn wartete. Weihnachten kam heran, und ich wollte meinem Sohn Axel ein schönes Geschenk machen. Er war inzwischen sechzehn geworden und wünschte sich ein Motorrad. Das sollte er auch bekommen. Wenn er schon nicht seine Eltern unter dem Weihnachtsbaum vorfand, lenkte ein Motorrad vielleicht von dieser Lücke ab. Geschiedene Eltern haben, mit Recht, ihren Kindern gegenüber ein schlechtes Gewissen. Er sollte also sein Motorrad haben, ein richtiges schweres Motorrad mit einer ganz hohen Lenkstange, wie es Peter Fonda in »Easy Rider« fuhr.
Also, das Motorrad kam und damit das erste Problem: Wohin damit? Der Keller war zu klein und zu voll. Also nach oben. Lift, natürlich auch zu klein. Was nun? Ich hatte damals mit der Bandscheibe zu tun, was mir sehr gelegen kam, und konnte nicht mehr tun als einen flehentlichen Blick auf Barbara zu werfen. Sie nahm also all ihre Kraft zusammen und hiefte das Ungetüm Stufe für Stufe in

den vierten Stock hinauf. Jetzt stand das Monster im Treppenhaus - im vierten Stock - vor einer kleinen Zweizimmerwohnung. Hätten wir's in die Wohnung genommen, hätten wir ins Hotel ziehen müssen. Aber ein Motorrad im Treppenhaus? Wo jeder herein kann? Die Welt ist schlecht! Man kann nicht wissen! Die Nacht ist unruhig, wenn alle Augenblicke einer von beiden nachsehen muß, ob der Wertgegenstand noch da ist. Gott sei Dank waren es nur drei Nächte. Ich bezweifelte, ob es eine gute Idee war, das Motorrad nach oben zu bringen. Der Überraschungseffekt war natürlich auch zum Teufel. Denn, obwohl eine große Decke darüber gebreitet war, mußte jeder Mensch, der daran vorbeiging, sofort sehen, daß sich darunter nur ein Motorrad befinden konnte - oder ein Stier. Das Ding stand also vier Tage da herum und der Junge, der uns täglich besuchte, tat so, als würde er überhaupt nichts sehen. Ich fand das sehr taktvoll. Er wollte wohl dem Alten die Freude nicht nehmen.

Am Morgen des 24. wurde das Ungeheuer unter großen Schwierigkeiten durch die zu kleinen Türen in das zu kleine Wohnzimmer geholt und an den für dieses Zimmer zu großen Baum gelehnt. Man hätte ja auch sagen können: »Axel, draußen ist etwas für dich.« Aber nein, es mußte unter den Baum. Wegen der Feierlichkeit. Ich muß den Leser dahingehend orientieren, daß ohne eine gewisse Feierlichkeit dieses Fest nicht hätte ablaufen können, denn wir erwarteten Besuch. Es handelte sich, wie so oft bei Weihnachten, um ein Familientreffen.

Wir erwarteten Barbaras Mutter, Barbaras Vater und Barbaras Tante. Die Tante war schon über neunzig, aber auch die anderen beiden waren, wenn schon nicht an Jahren, so doch, was Erziehung und Weltanschauung betraf, aus dem vorigen Jahrhundert. Sie hatten bis kurz vor dem Zusammenbruch 1945 in Jugoslawien gelebt, ihre Vorfahren waren mit Prinz Eugen eingewandert und sie selbst irrsinnig stolz darauf, als Banaterdeutsche ihr Deutschtum zweihundert Jahre lang erhalten zu haben – also genau das getan zu haben, was die Deutschen anderen Völkern, die bei ihnen leben, vorwerfen, den Türken zum Beispiel. Als alles in Scherben ging 1945, waren sie heim zu den Ihren geeilt und wunderten sich, daß sie als »Rucksackdeutsche« nicht mit der Begeisterung aufgenommen wurden, die sie erwartet hatten. Sie hatten ihre Heimat verloren und eigentlich eine neue nicht gefunden, waren entwurzelt und verschüchtert durch den Empfang, den sie sich anders vorgestellt hatten. Es war für sie schwer, sich im rauhen Norden zurechtzufinden, um so mehr hingen sie an ihren althergebrachten Gebräuchen. Und da gehörte Weihnachten und zwar in der Form, wie sie es zu feiern gewöhnt waren, zu den höchsten Gütern. Um so höher mußte ich es bewerten, daß Barbaras Mutter einen Tag vor Weihnachten sagte: »Kinder, wenn der Junge ein Motorrad bekommt, dann will er es auch ausprobieren, also solltet Ihr die Bescherung so früh machen, daß er gegebenenfalls nicht in die Dunkelheit kommt.« Das leuchtete uns ein. Also wurde die Bescherung auf den Mittag verlegt. Das war eine große Konzession von seiten der Verwandtschaft, denn der Lichterbaum bei Sonnenschein nimmt viel von der Stimmung. Fensterläden hatten wir nicht, nur einen Vorhang, der nicht viel nützte, aber durch die Tatsache, daß der Baum direkt vor ihm stand, die Brandgefahr enorm erhöhte. Also, Mittag war herangekommen, Axel war schon da, das Motorrad auch. Es war so halb in den Baum geschoben und noch bedeckt. Sah idiotisch aus! Die Situation war überhaupt nicht feierlich, da klingelte es. Ich weiß nicht, wie sie es machten, aber die drei vor der Tür brachten es fertig, daß sogar die Klingel einen feierlichen Klang bekam. Barbara beeilte sich, die Kerzen anzuzünden, und ich ging zur Tür. Sie standen draußen, alle drei, ganz in schwarz, um sich herum eine Aura von Feierlichkeit. Ein unvorbereiteter Beobachter hätte die Gruppe leicht für ein Beerdigungsunternehmen halten können. Sie betraten das Wohnzimmer, beinah hätte ich gesagt »auf Zehenspitzen«. Mit Baum und Motorrad war dieses eigentlich bereits voll, aber was tut man nicht alles, wenn das Christkind kommt. Sie setzten sich also eng zusammengedrückt in die Ecke, sahen den Baum und machten große Kinderaugen. Es war rührend. Dabei war es taghell, und die Lichter kamen überhaupt nicht zur Geltung. Von Stimmung war keine Rede, aber das haben sie nicht gemerkt, für sie war Weihnachten und Schluß! Sie waren entschlossen, sich von nichts und niemandem ablenken zu lassen. Ich glaubte, die Pause der Ergriffenheit nun lange genug eingehalten zu haben und wollte mich gerade daranmachen, dem Jungen nun endlich zu seinem Motorrad zu verhelfen, da tönte eine zittrige neunzigjährige Stimme noch ein bißchen zaghaft durch den taghellen Raum: »Stille Nacht, heilige Nacht«. Bei »Einsam wacht« fiel Barbaras Mutter ein, und bei »Nur das traute hochheilige Paar« war der Bariton des Vaters hinzugekommen. Ich blickte etwas irritiert zu Barbara und ich bin mir nicht sicher, ob sie nicht nahe daran war, in den Gesang einzustimmen.

Ich werde es nie erfahren, denn dazu kam es nicht. Kam es deshalb nicht, weil an der Stelle »Holder Knabe im lockigen Haar« ein ohrenbetäubendes Motorengeräusch den Raum erfüllte. Wir hatten, gefangengenommen von der

musikalischen Darbietung, ganz den Jungen vergessen. Der hatte, bar jeden musikalischen Feingefühls und rein technisch interessiert, kurzerhand die Decke, die ihn seit drei Tagen nervte, weggezogen, war aufgestiegen und auf den Anlasser getreten, wozu dieser ja schließlich auch da war. Der Motor war offenbar in Ordnung, was mich sehr beruhigte. Aber immerhin warf ich Axel einen strafenden Blick zu und schüttelte den Kopf. Dieses rügende Verhalten meinerseits blieb leider unbeachtet, denn der holde Knabe prüfte gerade mit einem fachmännischen Blick über die Schulter, ob auch der blaue Dampf richtig aus dem Auspuff käme. Er kam! Bei der Wiederholung von »Schlaf in himmlischer Ruh« war von Axel und dem Baum nicht mehr viel zu sehen. Alles war in blauen Nebel gehüllt. Es knatterte auch, als die zweite Strophe zum Vortrag gelangte. Oder anders herum ausgedrückt: Ungeachtet des Gedröhns, wurde die zweite Strophe in Angriff genommen.
Das war das Makabre an der Situation: die drei taten so, als würden sie gar nicht bemerken, was um sie herum vorging, und ich bin mir nicht sicher, ob sie nur so taten. Ihre Augen blickten in die Ferne, und sie machten einen entrückten Eindruck. Sie dachten auch nicht daran, nach der dritten Strophe aufzugeben, sondern waren offenbar wild entschlossen, unter Beweis zu stellen, daß das deutsche Liedgut sich in ihren Händen in bester Obhut befunden hat und auch in der Ferne keines der deutschen Weihnachtslieder in Vergessenheit geraten war. Und so folgte die Mitteilung: »Heute kommt der Weihnachtsmann, kommt mit seinen Gaben.«
Allmählich merkte auch mein Axel, daß er mit seinem Motorrad nicht recht am Platze war, und machte sich dar-

an, es abzustellen. Leider kannte er sich noch nicht richtig damit aus oder er war zu aufgeregt, jedenfalls hatte er offenbar vergessen, wie man das macht und konnte dem Motor wohl ein gelegentliches Aufheulen entlocken, aber von Aufhören war keine Rede. Dabei hatte er den besten Willen, das merkte ich an seinem verzweifelten Gehabe. Er machte hilflose Handbewegungen und schüttelte den Kopf. Aber der Motor, der lief. Durch den blauen Nebel klang jetzt: »Oh du fröhliche, oh du selige, gnadenbringende Weihnachtszeit.«

Ich hatte mich inzwischen mit der Situation abgefunden, und bemühte mich, wenn sie schon nicht zu ändern war, das Beste daraus zu machen. Barbara hatte mir eine Polaroidkamera geschenkt. Das war damals der letzte Schrei. Das sind die Photoapparate, die gleich das fertige Bild liefern. Ich dachte sofort, daß ihr gar nichts Besseres hätte einfallen können. Der Motorradfahrer unter dem Weihnachtsbaum und im Hintergrund das Gesangsterzett, das mußte der Nachwelt erhalten bleiben.

Leider war ich aber auch nicht damit vertraut, wie man mit einem solchen Apparat umgeht. Zum Lesen der Gebrauchsanweisung brauchte ich meine Brille, aber wo war die? Die begonnene Suche gab ich schnell wieder auf, denn ich merkte, daß ich viel zu nervös dazu war. »Heute Kinder wird's was geben.« Außerdem war gar keine Zeit zum Lesen, man konnte ja nicht wissen, wie lange die Situation anhielte. Also los, Photo machen! Zu meinem Bedauern ging es mir mit dem Apparat so ähnlich wie meinem Sohn mit dem Rad. Ich wußte nicht genau, wo man drückt und wo man das Bild herauszieht. Damals mußte man das noch tun, aber wenn ich zog, kam gleich der ganze Film hinterher. Also schnell eine neue Kassette, nur jetzt nicht die Nerven verlieren. Kassette rein, abdrücken, Bild herausziehen, wieder kam der ganze Rest mit. ›Irgend etwas mache ich falsch. Wieviel Kassetten haben wir noch?‹

Jetzt wurde ich unruhig. Barbara meinte hinterher, ich wäre kurz vor dem Überschnappen gewesen. »Es ist ein Ros entsprungen.« Inzwischen wurde die Sache bedenklich, denn die Luft aus dem Auspuff wehte gefährlich gegen die Lichter, die sich anschickten den Baum in Flammen aufgehen zu lassen. Der Hinweis der drei, daß »am Weihnachtsbaum die Lichter brennen« wäre eigentlich überflüssig gewesen. Schließlich gelang es dem Jungen doch, durch eine zufällige Bewegung den Motor abzustellen.

Er war erschöpft, ich war erschöpft, keine Aufnahme war zustande gekommen, dafür war ich bedeckt mit Filmmaterial. Barbara, die immer zwischen den drei Schauplätzen hin- und hergerannt war, befand sich am Ende ihrer Kräfte und ich am Anfang eines hysterischen Anfalls. Schließlich beruhigten wir uns und saßen, nach Luft schnappend da, ich auf einem Stuhl, Axel auf seinem Motorrad, Barbara auf dem Fußboden, und dieses lebende Bild wurde unterlegt durch einen zarten Chorgesang: »Oh Tannenbaum, oh Tannenbaum, wie grün sind deine Blätter!«

Die drei befanden sich nicht im vierten Stock einer bescheidenen Zweizimmerwohnung in Schwabing, sie befanden sich in Bethlehem.

Fritz von Herzmanovsky - Orlando

Onkel Tonis verpatzter Heiliger Abend

Zu München lebte der Hofrat P., in weiten Kreisen bekannt und beliebt als »Onkel Toni«, einer der merkwürdigsten Käuze, die mir je begegnet sind. Er verfügte über einzigartiges Wissen auf allen Gebieten des Antiquitätenwesens, besonders auf den abwegigen, war selbst ein bedeutender Sammler und wurde gerne von ähnlich verschrobenen Repräsentanten der Gelehrtenwelt aufgesucht, wenn sie auf verzwickte Fragen Antwort haben wollten - etwa ob es im Rokoko schon Flugschriften über Wanzenvertilgung gegeben habe, ob die ersten Meister der Klistierspritzenerzeugung in Nürnberg oder Augsburg gesessen seien, und dergleichen noch mehr. Auch stießen ihm immer wieder die seltsamsten und peinlichsten Dinge zu. So wurde er einmal von einem entlassenen Hausmeister auf dem Denunziationsweg des Lustmordes an einer uralten Bettlerin beschuldigt, weil er angeblich auf deren Umhängetuch gespitzt hätte, das er der hl. Thekla zuschrieb. Ein andresmal geriet er in den gleichfalls unberechtigten Verdacht des mehrfachen Kindesmordes, was mit seinem Versuch zusammenhing, mehrere Spiritusbehälter mit barocken Embryos, die er auf dem Salzburger Fetzenmarkt erstanden hatte, bei Nacht über die Grenze zu schmuggeln.

Von einem nicht ganz so schwerwiegenden, aber noch

immer recht unangenehmen Erlebnis soll im folgenden die Rede sein.
Ich war nach längerer Pause wieder einmal nach München gekommen, und natürlich galt einer meiner ersten Besuche dem verehrten Onkel Toni. Als seine alte Haushälterin, die Frau Mizzi, mir öffnete, schlug sie in der üblichen Wiedersehensfreude zuerst die Hände überm Kopf zusammen und stieß mehrere »Jessas!« hervor, dann aber senkte sie plötzlich ihre Stimme:
»Sagen S' um alles in der Welt nit, daß derselbige schlecht ausschaut! Lassen S' Ihna fei nix anmirken, gell? Dös waren heuer Weihnachten, sag i Ihna! Weihnachten waren Ihna dös . . .«
Was es denn gegeben habe, fragte ich, noch rückwirkend aufs äußerste besorgt.
»Eing'spirrt ham s' denselbigen! Am Heiligen Abend! Im Kotter hat derselbige geschmachtet. I derf gar nit dran denken . . .« Und die beleibte Weibsperson - eine emeritierte Pfarrersköchin - erstickte in Rotz und Tränen.
»Eingesperrt? Ja warum denn?«
»Wögen an öfföntlichen Örgernüß«, röhrte die Frau Mizzi auf und befliß sich dabei jener überreichlichen Verwendung von Umlauten, zu der biedere Menschen immer dann ihre Zuflucht nehmen, wenn sie - sei's auch nur mittelbar - in amtliche Zusammenhänge geraten. »Wögen Errögung der Süttlichkeit! O mei, o mei . . .«
Damit geleitete sie mich ins Wohnzimmer, wo Onkel Toni den berüchtigten Fez des seligen Nietzsche (eine seiner kostbarsten Erwerbungen) auf dem Haupt, gerade mit einem beinernen Ohrlöffelchen in einer Tintenflasche herumrührte und als Begrüßung zunächst nur ein stummes, gramgetränktes Nicken für mich erübrigte.

»A rechter Dreck«, brummte er dabei. »Wie alles heutzutage. Alles. Auch wann's du's erst vorgestern um zwoa bluatige Zehnerln kauft hast. Jo, jo, so ist's.« Dann wandte er sich endlich an mich. »Daß d' aa wieder amal kemma bist. Daß d' dich überhaupt noch schierst um an armen alten Onkel Toni. Weil er gar so im Dröckh sitzt . . .«
Meiner Beteuerung, daß ich erst gestern angekommen sei, begegnete er mit einem traurigen Blick voll Zweifel.
»So, so. Und vor vierzehn Täg bist g'sehn wor'n, wie's d' mit einer stadtbekannten Schönheit, einer stadtbekannten, im Oanspänner die Ludwigstraßen auf und ab g'fahren bist. Oane vom Ballett is's g'wesen. Vom Ballett. - Mir wär's z' mager«, setzte er mit unvermittelter Schärfe hinzu und mümmelte wegwerfend.
Vergebens suchte ich ihm die Falschmeldung auszureden.
»Jo, jo«, beharrte er. »Weil i a armer alter Mann bin, den 's Schicksal wieder amal schön z'sammprackt hat. Jawohl, z'sammprackt. Dessentwegen find'st nit zu mir. Fahrst lieber mit an Balledschmötterling. Oane mit nackerte Haxen, dös schon. Aber daß d' amal mit'n armen, alten, gränklichen Onkel Toni ausfahrst, dös fallert dir nit ein. Wo i frische Luft so nödig hätt.«
»Warum gehst du denn nicht spazieren, Onkel Toni?«
»Spazieren? Daß die mich am End wieder haschen . . . naa, naa . . . a prennt's Kind firchtet es Feier!«
»Wieso haschen, Onkel Toni?«
Er sah mich lange an und wackelte vorwurfsvoll mit dem Schnurrbart. Dann kam es langsam heraus.
»Daß d' mich überhaupt noch fragst, du mit deine mopsnaserten Madeln! Dös waren Weihnachten . . . dös waren ihrer . . . wo ich meine ganze freie Zeit dem Gemeinwohl opfere . . . dem Vaterland . . .«

Er hob das Gesicht zum Himmel, und eine Träne glänzte in seinem Auge, ehe er fortfuhr:
»Meine ganze freie Zeit, jawohl. Noch am 24. Zember war ich im königlichen Kupferstichkabinett und frag an Herrn Direktor: Hätten S' nit an Arbeit für mich, über d' Feiertäg? Was zum bestimmen, oder so?
Ja, schon, sagt der Direktor und winkt am Adlatus, Schrökkenfux Kaspar schreibt sich der, ein sehr ein hoffnungsvoller junger Mann. Horchen S', sagt er dem, geben S' an Herrn Hofrat es Bordefeuille mit denen erotischen Lithographien ... woaßt, so Biedermeiersacherln, vom Hans Bassaguet, dös war dir schon a Saumagen war dir dös ...
Alsdann, sagt der Direktor, so was liegt Ihnen, da sein S' ein Fachmann.
Is recht, sag i. Geben S' her die Bildeln. I fang gleich an. Was du heite kannst besorgen.
Ja was denn noch, sagt er. Was Eahna nit einfallt. Das geht hier nicht zu machen. Der Saal hier ist ein öffentlicher Ort, und da beinhaltet Eahnere Arbeit eine Verlötzung der öffentlichen Süttlichkeit!
Jo mei, sag i, dann nimm i's halt mit zu Haus und arbeit an Heiligen Abend durch. Gibt für mich eh koan Christkindl mehr, seit mein oarm's Mutterl nimmer is.
So? fragt derjenige. Frau Mama is g'storben? Dös tut mir leid. So a ristige Frau was die war. Wie is denn dös passiert.
Jo, sag i, schwerheerig is s' halt g'wesen, schon lang. Und in unsern Hausflur ham mir doch ein Fenster von an Ausschank, wo die alte emsige Frau immer bersehnlich ums Bier gangen is. No, und einmal hat s' es Hörrohr hing'halten, weil s' glaubt hat, der Schankbursch will ihr was sagen, und da hat ihr der b'soffene Lackel, der b'soffene, da hat er ihr 's eiskalte Bier ins Hörrohr einig'schütt. Und davon

iss' nimmer genesen . . . nimmer genesen . . . der Mörder, der.
Mittlerweil, unterm Reden, hat der Adlatus die Bildeln verpackt, i nimm 's dicke Pakete, wo mit an königlich bayerischen blauweißen Babierschbagat z'sammbunden war, und geh. Wie i in der Gabelsbergerstraße bin, kimmt dir nit a Windstoß, ganz a firchterlicher, und reißt mir nit's Wummerl vom Kopf, das seltene Stückl, was der Duluhs-Lodreck immer tragen hat. Mir war's ja bißl z'kloan, dös Luder, aber die wahren Kenner ham mich pidderlich drum beneidet. An Kleiderpracker von der Lola Montez hab i dafür in Tausch geben, wo s' damit immer an Keenig Ludwig . . . aber pscht, sonst kimmt's in die Soziblätter. Heutzutag mußt ja fürchterlich aufpassen bei sowas . . . Der Ranzoni hat's mir damals verschafft g'habt, woaßt eh, der von der Firma Schmirgelberger, was für die Waisenkinderüberraschungen die falschen Ostereier aus Gips fabriziert . . . no ja, sagen derfen die oarmen Hascherln eh nix, nur stumme Tränen derfen's in die Augen haben, weil das für die Patronessen so rührend wirkt . . . aber daß i net abschweif. Alsdann i geh und hab's königlich mir anvertraute Gut fest unterm Arm druckt, untern rechten, und mit der freien Hand will i's Wummerl schnappen, eh's zu weit wegfliegt. Jo, dös glaubst! A zwoater Windstoß reißt mir's königliche Paket aus der Hand – und: huidla! zerstreut's die seltenen Bildeln auf der Straßen. I ruf um Hilfe . . . kimmt dir nit eine Mädchenschule daher, alle paarweis, was von zwoa Nonnen spazieren g'führt wer'n. Gleich sein's ausg'schwarmt die Fratzen, und sein denen Blatteln nachg'rennt . . . und beim Zuwibringen waren s' ganz derrötet wie die Paradeiser und ham s' mir nur langsam in die Hand geben . . . Was moanst, wie i mi g'schamt hab . . .

Aber's Publikum is über mich her und hat g'rufen: Wöndet Lünchjustiz an! Saumagen, verdöchtiger! Schizzet unsere Jugend! Verfiehrer! Bazi, ausg'schamter! Noch dazu am heuligen Abend! Hauts den Schweinkerl, den alten! Und: hauts eahm, hauts eahm! is gangen, und: schmeißt 'n in Schbringbrunnen ... aber der war zum Glück eing'freert. No, derweil is auch die Bolizei schon dag'wesen und hat mich denen Händen vom Mobf entrissen und mich in die Weinstraßen bracht. Dort ham s' freilich keine Brodogoll mehr aufnehmen wollen, weil's schon ins Dämmern ang'fangt hat, und ham mich gleich bein Eingang in'n Kotter g'spirrt, mitsamt die Bildeln. Aber dös hat mir gar nix g'nutzt. 's war ja finster.

Glaub mir, so was von an verpatzten Heiligen Abend hab ich noch nie nicht g'habt. Und alles nur, weil man seine freie Zeit für die Kunst und fürs Vaterland opfert.«

Kurt Wilhelm

Spur Null

Es begann eigentlich schon im Sommer, als ich zu Ferienbeginn mein Auto zu Klump fuhr. Ellen mußte mit unserem grad sechsjährigen Dominik nach Viareggio vorausfahren. Als ich mit dem Leihwagen nachkomme, erzählt sie:
»Du - er war vom Eisenbahnfahren einfach begeistert!«
»Ach?«
»Bahnhof, Gleise, Züge, Loks - hat er ja alles nicht gekannt - wo wir doch immer Auto fahren.«
Am gleichen Nachmittag schon suchten wir ihn im ganzen Hotel, am Strand, bei den Eisbuden und Spielsalons, fragten rum, machten alle Leute verrückt - kommt er nicht zum Abendessen strahlend daher:
»An Bahnhof, Papi, hatta Mann rankschiert, haba mitfahrn dürfn aufe Lok. War ne gaanz alte V 60, mit de Telluxkupplung - hija -! Darf morgn wieder mitfaahn, sagta - darf ich doch - oda - ?«
Nicht nur morgen, jeden Tag fuhr er mit, und redete nur noch von Signalen, Kühlwagen und der wunderbaren Lok V 60–361. Ich konnt's verstehen. Eisenbahn hatte mich als Buben auch fasziniert.
Als Weihnachten naht, sag ich: »Meine Modellbahn müßte doch noch auf 'm Speicher sein.«
»Ja - kaputt«, meint Ellen.

Da erwidere ich, ohne zu ahnen was ich damit sage: »Na, und? Die richt ich wieder her. Manuell bin ich gut drauf und ganz Kaputtes kann man doch nachkaufen -«

Also - ich hol die alte Spur Null aus der Kiste, leg einen Gleisring, schließe an, und schalte. Nix. Meine stolze königlich preußische Tenderlok T 18 rührt sich nicht.

Im Spielwarengeschäft krieg ich Beklemmungen, als ich die Neupreise höre, und außerdem sagen sie:

»Reparieren? So was Altes? Da ham wir niemanden. Käm Ihnen auch teurer als ein Neukauf. Wir hätten da ein günstiges Sonderangebot -.«

Ich will dem schon erliegen, da fällt mir ein, der Kühlmeier in der Firma ist doch ein Bastler. Ich nehme Lok, Schaltkreis und Trafo mit ins Büro, er stürzt sich wie ein gieriger Rabe drauf, wir lassen unsere Arbeit liegen wo sie liegt, und murksen eine halbe Stunde auf meinem Schreibtisch. Leider bemerken wir dabei nicht, daß unser Chef, der Schröder mit der Magengeschwür-Falte um den schmalen Mund, daherschleicht, und uns beobachtet. Als wir's endlich spannen und ihn verlegen anglotzen, wird sein Mund noch schmaler und die Augen auch, und er sagt nur leise:

»Aha - so so.«

Dann schreitet er stocksteif auf leisen Sohlen weiter. Was das bedeutet weiß jeder der ihn kennt, diesen verkniffenen, humorlosen Schinder. Umsatzzuwachs hat er im Hirn, sonst nichts. Ach was, denk ich, soll er mich doch rausschmeißen, Ellen hat Geld von zu Hause, uns wirds an nichts fehlen - jedenfalls die ersten Monate nicht, bis ich wieder was hab -

An das »Aha - so so« müssen der Kühlmeier und ich immer wieder denken, als wir abends die Spur Null im

Vorratskeller meines gemieteten Hauses installieren. Die Vorräte dort, und das sonstige Glump haben wir in die Waschküche hinübergeschafft. Ellen kommt und blickt verzweifelt: »Spinnt ihr?«

»Bring ich nach Weihnachten alles wieder auf seinen Platz, jetzt brauchen wir den ganzen Raum«, sag ich, und sie verdreht die Augen. Wir legen auf zwei Böcke eine große Holzplatte. Auf der installiere ich lustvoll Gleise, Weichen, Signale und Kreuzungen, den schönen Bahnhof und die Schranken, und freue mich, wie gewaltig das aussieht, viereinhalb auf drei Meter, da paßt schon was hin. Der Kühlmeier würgt am Elektrischen, drahtet, mißt, schaltet, flucht wie ein Punker, ihm läuft das Wasser herunter - aber die Lok, die läuft nicht.

»Hundsglump verreckts!« schreit er, »Spannung liegt an - rühr dich, Du Luder«, und haut meiner T 18 eine auf den Schornstein. Da gehen ihre zwei Scheinwerfer an, sie setzt sich in Bewegung und fährt brav die ganze Strecke aus. Wir strahlen wie die Christbäume, hängen Wagen an, lassen Weichen springen und Signale klappen, bis nach Mitternacht. Es wird eine wirklich schöne Stunde, oder zwei, oder drei.

Am nächsten Tag befiehlt der Schröder den Kühlmeier ins Chefbüro.

»Was hat er wollen?« frag ich, als er mit sorgenvollem Gesicht zurückkommt.

»Wissen, wem die Lok g'hört. Jetzt will er Dich sprechen - alles Gute - o je, o je.«

Mir ist flau, als ich vor dem Humorlosen stehe. In seinem Büro scheint es gut 10 Grad kälter zu sein, als draußen. Pause - halber Blick von unten herauf - Pause. Dann ein leises: »Setzen Sie sich.«

Ist das ein gutes Zeichen, oder ein schlechtes? - Sicher ein ganz schlechtes.
»Danke vielmals.«
Pause - Dann:
»Hm - Sie haben da gestern -« -
Ich unterbrech ihn sofort. Vorwärts, denk ich, gleich den Wind aus den Segeln nehmen.
»Entschuldigen Sie vielmals, es ist das Weihnachtsgeschenk für meinen lieben kleinen Dominik, weil der ist eisenbahnverrückt, und die Lok läuft nicht, da hab ich sie dem Kühlmeier nur gezeigt, ob er sie vielleicht wieder in Gang bringt - natürlich außerhalb der Bürozeit -! Wir haben das gestern nur kurz debattiert, entschuldigen Sie - äh -«.
Das letzte, ersterbende »Äh« hängt lange im Raum. Eine große Pause folgt. Der Magenkranke blickt mich unter halb geschlossenen Lidern an. Sein Mund zuckt. Bringt er die Kündigung nicht heraus, oder will er erst noch meine Angst auskosten -?
Da folgt die große Überraschung mit der ich zunächst nichts anzufangen weiß, denn er fragt halblaut, ich kanns gar nicht recht verstehen: »Läuft wieder?«
»Bitte -? - Äh - Ja - oh ja - danke - läuft - danke.«
Danke ist natürlich total blöd. Er hat ja nichts getan, daß sie wieder läuft, aber ich denke, bloß höflich sein mit Magenkranken, nicht aufregen, und sagt gleich noch einmal:
»Danke.«
Und was sagt er? Er blickt lange auf seinen Schreibtisch herum, als suche er etwas, ehe er plötzlich mehr murmelt als spricht:
»Die T 18, nicht?« -
»Wie bitte?«

»Königlich Preußische Eisenbahnverwaltung, Nahverkehr, ab 1898 für ganz Europa gebaut, die T 18 - ein treues Tier.«
»Ebedä - äh - ja -«, bring ich nur heraus, merke, daß mein Unterkiefer herabhängt, was mir gewiß einen leicht blöden Ausdruck verleiht, und klappe rasch den Mund zu.
Er fragt kaum hörbar weiter: »Woher haben Sie sie?«
»Oh - die hat mir mein Vater vor dem Krieg, als Bub, zu Weihnachten -.«
»Mhm«, nickt der Gestrenge, und plötzlich begibt sich vor meinen Augen ein Mirakel: über das, was er als sein Gesicht ausgibt, zieht ein Lächeln herauf. Ich glaub ich spinn, aber nein, wahrhaftig, da ist das Nie-gesehene: Schröder lächelt!
»Erste Bauserie«, flüstert er, »rares Sammlerstück. Sie haben nach Dienstschluß was vor?«
»Nnnein -.«
»Fahren Sie auf 'ne Stunde mit mir. Zeig Ihnen was. O.k.?«
Na, freilich ist das o.k.! Ich verneige mich, renne raus, und als Kühlmeier mir draußen Beileid wünscht, muß ich laut lachen, woraufhin er glaubt, die Kündigung habe mir den Verstand geraubt.

Schröder wohnt ja nun in einem förmlichen Palast, von Rassehunden bewacht, draußen im Prominentenviertel, und hat einfach alles. Sein Chauffeur hat eine Livree - Köchin und Stubenmädchen haben Respekt, Ehefrau hat er keine, sondern demzufolge stets seine Ruhe. In der haust er ganz allein auf seinen Latifundien.
Er führt mich persönlich in den ersten Stock, nachdem er die Dienstboten verbellt hat, öffnet eine Türe - und aber-

mals klappt mein Unterkiefer herunter: Ich trete in einen Festsaal, vollgepfropft mit Spur Null.
Ein Gebirge mit Schnee und Tunnels auf der einen, ein Hafen am Meer auf der anderen Seite. Hauptbahnhof, Rangierbahnhof, Nebenbahnhöfe, Viadukte, Bahnwärter- und Streckenhäuschen, Dörfchen, kleine Leutchen, Autos, Verkehr, eine Kuhherde - auf den Geleisen IC, EC, Eil- und Güterzüge. Als er die Miniwelt von seinem erhöhten Steuerplatz aus schaltet, rasen sie umeinander, halten, warten, fahren an, Lichter blinken und wechseln die Farben, Schranken öffnen und schließen, und im Gebirge rauscht ein Wasserfall, ein echtes Wasser, zu Tal.
Mein Mund bleibt lange offen. Um halb sieben bringt das Stubenmädchen einen Imbiß mit Lachs und Chablis, wir spielen ein bißchen, und als ich auf die Uhr schaue ist es kurz nach zwölf. Sakradi.
Ja, Sakradi - denn das ist nicht mehr unser Schröder, der da schaltet, ordnet und fährt, das ist eher ein Sohn von ihm, in seiner Gestalt. Das strahlende Lächeln seines vollippigen Mundes unter den großen leuchtenden Augen schwindet keine Minute. Besonders zum Schluß, als wir einen Zusammenstoß inszenieren, zwischen dem Inter-City Experimental 3671 Digital und dem VW-Autotransportzug mit der Werkslok DHG 700 C. Da lassen wir Krankenwagen herbeirasen, leiten alles um, richten die entgleisten Elemente mit einem Baukran wieder auf, und organisieren einen Notverkehr auf Nebenstrecken.
Lange nach Mitternacht wartet noch sein Chauffeur in der Livree, um mich heimzubringen, und an der Türe sagt der ehemals so Gestrenge:
»Ein Vorschlag. Mir fehlt die T 18 Erstausgabe in meiner Sammlung. Geben Sie sie mir, und Sie kriegen im Tausch

für Ihren Sohn was Sie wollen. Loks, Wagen, Gleise, Berge, Häuser, einen Wasserfall! – Sagen Sie jetzt noch nichts, überlegen Sie sich's. Nur bitte – kein Wort, was Sie hier gesehen haben. Zu niemandem! Versprechen Sie's. Recht gute Nacht, und auf morgen.«
Ellen schläft natürlich längst. Ich sperre den Keller auf und betrachte meine poplige halbleere Platte, die ich gestern noch stolz so beeindruckend fand. Ich stell mir vor: da drauf nun – wie hat er gesagt? ›Alles was ich will?‹ – Was gibt's da noch lang zu überlegen?!
Der Chauffeur bringt mir die Riesenkiste ins Haus, und schleppt sie mir in den Keller. Köstlichkeiten en masse quellen heraus. Mich faßt ein Rausch. Das ganze Wochenende über arrangiere ich den Segen und verzweifle dabei, weil ich kaum weiß, wie ich das alles plazieren und zusammenschalten soll.
»Machst 'n immer in Keller, Papi –?« will Dominik wissen.
»Ach – was fürs Büro, was Dich nicht interessiert«, sag ich.
Ellen zieht die Brauen hoch.
»Mags aba sehn.«
»Wenn's fertig is.«
»Wann is's 'n featig –?«
»Bald.«
»Wann is bald?«
»Himmeldonnerwetter, ich bin schon gestreßt genug, hör auf mit der blöden Penzerei!«
»Rabäh –!« hebt sein übliches Geheul an. Es verfolgt mich bis in den Keller, den ich stets sorgfältig abschließe, während ich wie ein Gesengter schraube, säge, schneide, klebe, gipse, Drähte ziehe und löte. Meine Finger sind bald mit Brand-, Stich- und Rißwunden übersät, und ich merke: allein komm ich nicht zurecht. Der Kühlmeier muß hel-

fen. Nur - wie erklär ich dem den ganzen Segen, ohne Schröder zu verraten?
Der Chef stelzt wie gewöhnlich eisig im Büro herum und verrät mit keinem Blick unser Geheimnis. Nur einmal, ich komme grad aus der Herrentoilette, er schließt seine Direktionstoilette auf, der Korridor ist leer, flüstert er:
»Geht's voran?«
»Ja, - is aber schwer«, flüstere ich zurück.
»Soll ich heut abend helfen kommen? - - pscht.«
Und tatsächlich, um halb zehn rollt der Rolls leise vors Haus, er huscht in den Keller, zieht das Maßjackett aus, krempelt die Hemdsärmel auf, schaut, prüft, und verkündet: »So geht das nie!«
»Ach?«
»Das ist doch eine digitale Anlage! Und Sie haben analog ausgelegt. So kanns nicht funktionieren. Na, keine langen Debatten. Wann ist Weihnachten?«
»In einer Woche.«
»Na, dann aber los -!«
Wir bauen, arrangieren und löten um, denn ich hab gut die Hälfte falsch zugeordnet und angeschlossen. Am ersten Abend bleibt er bis halb zwei, am zweiten bis drei Uhr früh und noch ist nicht die Hälfte des Nötigen getan.
»Nicht zu schaffen«, seufz ich. »Und das Brünnlein am Stationshäuschen im Gebirge können wir überhaupt ganz vergessen.«
Schröder nickt erst traurig, dann hat er eine Idee: »Wissen Sie was - Sie melden sich ab morgen krank. Bleiben tagsüber dran, ich komm immer gegen Abend dazu. Dann schaffen wirs!«
»Sag mal«, meint Ellen am nächsten Tag. »Wie stellst Du dir das eigentlich vor. Wie willst Du diese Monsteranlage

auf dem Riesenbrett ins Weihnachtszimmer transportieren. Das geht doch durch keine Tür –?«
»Nee – geht's nicht.«
»Aha – nicht? – Und was liegt dann heuer unterm Baum?«
»Och, paar Kleinigkeiten. Weißt Du, wir fangen oben an, und dann führ ich den Dominik hinunter – zum eigentlichen Fest.«
»Du meinst, wir hocken Weihnachten im Keller, oder wie?«
»Warum nicht –.«
»Du spinnst allmählich in beängstigendem Grade«, meint Ellen vornehm. »Weihnachten feiert man in unseren Breiten mit Musik unterm brennenden Baum im Wohnzimmer.«
»Wo steht das geschrieben? Man kann Baum und Stereoanlage ebenso gut im Keller aufstellen!«
»Im K – aah – haa«. Sie ringt mit aufgerissenem Mund nach Luft. Diskretion und Schamgefühl verbieten mir mitzuteilen, was sie, als sie wieder Luft hat, zu mir und über mich äußert.
Ich laß mich nicht beirren, ich lebe weiter im Keller. Schröder erscheint jeden Nachmittag. Wir kommen voran. Der Endspurt allerdings erweist sich als besonders schwierig.
»Sie müssen alle elektrischen Verbindungen von unten her löten«, sagt er fachmännisch, während er das Häuschen mit dem Brunnen in den Berg sägt.
»Von unten? Da seh ich doch nix, da is es finster –.«
»Schreibtischlampe –.«
Gut, ich hole sie, und löte, verkrümmt und eingezwängt, nach oben. Da heißes Lötzinn sich aber an die Gesetze der Schwerkraft hält, tropft es ständig abwärts, und da liege doch ich schon. »Au – pf – ah – oh!« ist alles, was ich sagen

kann, denn heißes Lötzinn ist äußerst schmerzhaft. Zudem verursacht es Brandlöcher.
»Mein Anzug –.«
»Weil Sie falsch liegen. Sie müssen seitlich –.«
Gut, lieg ich seitlich - aber trotzdem nimmt der Anzug im Nu Siebcharakter an und die Durchschläge auf der Haut - auu –, kann ich nur sagen!
»Brandsalbe«, meint der Chef ungerührt. »Zweimal stündlich, da tuts nicht so weh und hinterläßt keine Narben.«
Während er versucht, die Brunnenpumpe in Gang zu bringen, hole ich Brandsalbe aus der Apotheke. Beim Weiterlöten erkenne ich, am 20. Dezember, daß das glühende Getropf mir Gesicht und Augen gefährdet. Ich brauch eine Schutzmaske, wie sie Stahlarbeiter an Hochöfen tragen. Nur welches Geschäft führt sowas? Der dreiviertelte Einundzwanzigste geht mit Herumfragen nach dem verdammten Ding drauf, bis mir die Autoschlosserei nebenan nachsichtig mitteilt, sowas hätten sie natürlich zum Schweißen, und es mir gnädig leiht, weil, wie der Meister sagt, so kurz vor Weihnachten eh kein Schwein mehr arbeitet.
Am 22. früh verkleide ich mich als Stahlarbeiter, lege Pappe zur Schonung über die Brust, setz eine alte Mütze und die Maske auf, will löten - und bin blind. Alles ist finster, weil die Maske ein dunkelblaues augenschonendes Glas gegen die Schweißflamme hat. Also, alles wieder abbauen - raufgehen.
Da ist Ellen grad am Telefon. Der Kühlmeier ruft an, wie es mir geht, weil man so gar nichts von mir hört.
»Sehr sehr schlecht«, sagt sie mit Trauerstimme, »Sie können gar nicht mit ihm sprechen. Man darf ihn nicht anre-

den«, hängt ein, dreht sich um, erblickt einen Stahlarbeiter vom Hochofen, und stößt einen schrillen Schrei aus.
»Pscht«, sag ich. »Ich brauch rasch alle tragbaren Lampen aus dem Haus, mit Hunderterbirnen drin.«
Sie weint ein bißchen, während sie sie zusammensucht. Ich mache mit der achten hell und kann nun wenigstens ahnen, wohin ich löte.
Am Nachmittag, als ich zum Mittagessen raufkomm, zieht sie den Dominik von mir weg.
»Laß den Papi bloß in Ruhe. Er hat Sorgen und Streß.«
»Mag an Bahnhof gehn, zun Onkel Rankschierer. Gehst mit, Mami?«
»Ja, mein Liebling. Gern geh ich mit Dir aus dem Haus.«
Ich weiß inzwischen, die zwei gehen da öfter hin. Der Bub kennt da nicht nur einen Rangierer, sondern auch einen Fahrdienstleiter. Die lassen ihn ein bissel rumturnen und schauen. Also sage ich nichts, denn ich weiß ja, daß das feindselige Schweigen bald unendlichem Jubel weichen wird, und arbeite mit Schröder weiter, die ganze Nacht!
Als ich am Dreiundzwanzigsten aus einem Dreistundenschlaf erwache, ist Ehekrise. Ellen weigert sich, den Baum, den sie besorgt hat, unten aufzustellen und den Kellergang weihnachtlich zu schmücken.
»Das ist doch poetisch«, brüll ich. »Lichterglanz in einer Katakombe.«
»Das ist bloß idiotisch«, kreischt sie. »Und typisch Mann!«
Die Schreierei endet damit, daß ich lossause, einen zweiten Baum samt Schmuck und Kerzen besorge und den Kellergang so wunderschön dekoriere, wie ich es mir vorstelle. Gibt's eben zweimal Weihnachten, oben und unten! Und wenn sie platzt! Werden ja sehen, was dem Dominik besser gefällt! Herrje!

Abends ist Generalprobe. Schröder und ich schalten vorsichtig alles nacheinander ein, programmieren digital drei Züge: Eine 103er-Lok der Bundesbahn mit vier Waggons, Speise- und Schlafwagen, einen Schweizer Trans-Europ-Expreß 3071 auf der Bergstrecke und einen Güterzug hinter einer 120er mit sage und schreibe acht Wagen, darunter einen Kühl-, einen Bier-, einen Kessel- und einen Tieflader SSI 53, fahren, halten, fahren weiter, umrunden einander, donnern durch den Tunnel und über den Viadukt. Ein glänzendes farbenfrohes Bild, eine Märchen-Wonnewelt. Signale und Weichen springen, Schranken heben und senken sich vor wartenden Autos und Passanten, Lichter blinken, an den Bahnhöfen stehen Fahrdienstleiter - Reisende, Güter warten aufs Verladen - und oben im Gebirge rinnt neben dem Bahnwärterhäuschen ein dünner Wasserstrahl aus dem Brünnlein, für das Schröder noch etwas ganz Putziges besorgt hat. Der Strahl treibt ein kleines Wasserrad, eine Miniaturmühle. Das heißt, er soll. Leider rinnt er nur ab und bewegt das Rad nicht. Schade. Wir prüfen und rücken, der Plastik-Wassertank unter der Platte ist gefüllt, die Pumpe surrt, aber das Rad mag sich einfach nicht drehen.

»Hm -«, sagt Schröder um halb fünf Uhr früh. »Woran mag das liegen?«

Ich bin zu müde, um nachzudenken, und zu glücklich, daß das Werk vollendet ist, bis auf das alberne Radl. Ich danke ihm von Herzen für alles, der Chauffeur wartet, und als er fort ist, sinke ich glücklich und stolz ins Ehebett. Ellen tut wohl nur so, als schliefe sie. Aber dann schlummern wir doch gemeinsam dem Weihnachtsabend entgegen.

Dominik wird mittags zur Oma gebracht, die ihn um halb 5 wieder abliefern wird. Wir schleichen wortlos jeder zu sei-

nem Baum. Sie schmückt oben fertig, ich unten. Um 4 Uhr beraten wir uns kurz und sachlich. Ich schlage vor:
»Erst oben - dann unten.«
»Das könnte Dir so passen, den Rest des Abends im Keller hocken! Nix - um fünf unten, genau eine Stunde lang, dann kommt das wirkliche Weihnachten - oben, mit Musik und Essen. Für was, glaubst Du, hab ich vier Gänge gekocht? Für den Keller?«
Ich sage nichts, aber ich denke: du wirst Dich wundern. Der Bub ist doch von der Bahn nicht mehr wegzubringen. Und ich auch nicht.
Oma und Dominik kommen. Er zappelt vor Aufregung. Wir machen Musik, und zünden soeben den Baum an, den oben - da klingelts.
»Nanu? - Wer ist das, um diese Zeit?«
Ich öffne. Schröder steht da und flüstert: »Entschuldigen Sie tausendmal, aber ich hab die Lösung. Kann ich einen Moment in den Keller? Will gar nicht stören - bin gleich wieder weg«, und huscht schon die Treppe hinunter.
Es ist nicht einfach, der Familie den Besuch des Chefs um diese Zeit zu erklären. Ich sag zwar: »Er ist Junggeselle und sicher einsam heut. Wir sollten ihn einladen, mitzufeiern!«
»Kommt nicht in Frage!!« faucht Ellen. »Er soll sich bei seinen Millionären anwanzen, nicht bei mir!«
Ich verspüre Lust, eine Debatte über Sozialneid anzufangen, aber da blicke ich in die funkelnden Augen der Schwiegermutter. Sie kann mich ja nicht ausstehen, ich mach ja immer alles falsch.
»Geh runter, und schmeiß ihn raus«, verlangt Ellen.
»Das tu ich nicht!« weise ich sie zurecht, so souverän es mir glücken will. »Er ist mein Chef, und hat mir nur Gutes

erwiesen. Besonders in den letzten Wochen, vergiß das nicht! Ich geh zu ihm und werd ihn heraufbitten, in unseren Kreis -!«
Ellen ruft mir nach: »Untersteh Dich! Dann bleib Du auch gleich unten! Dann machen wir hier für uns allein Bescherung. Kannst ja dazukommen, wenn er wieder weg ist.«
Unten hat Schröder den Wassertank angeschraubt und flüstert: »Ich hab die ganze Zeit nachgedacht. Vor 'ner Stunde ist mir's eingefallen. Ist doch klar: für die winzige Pipette ist Leitungswasser zu hart. Wir müssen es entspannen, weich machen. Da -!«
Er zeigt mir eine Flasche, auf der steht: ›Pril - entspannt das Wasser‹, und schüttet hastig den Inhalt in den Tank. »Jetzt funktioniert's, Sie werden sehen -« - und schaltet ein.
Die Pumpe beginnt zu surren. Der dünne Strahl läuft, aber das Rad bewegt sich nicht.
»Moment«, flüstert er. »Das muß erst einmal umwälzen und sich lösen. Dauert ein paar Minuten.«
»Ich muß aber wieder rauf -«, beginn ich zu jammern.
»Gehen sie nur. Sowie es funktioniert, verschwinde ich wie ein Mäuschen und Sie führen die Pracht ungestört vor.« Seine Augen flackern.
Ich rauf. Dort tönt Musik. Der Baum und Dominik strahlen. Ich krieg einen Pullover, zwei Krawatten und den ›Turmschreiber-Kalender‹, Oma drei Seidenblusen und einen Schnellkochtopf, und Ellen staunt nicht schlecht, als ich die schöne Brosche aus der Tasche ziehe. Zum erstenmal seit Tagen lächelt sie wieder ein wenig.
Dominik, mit Büchern, Spielen, Keksen und der Skiausrüstung offenbar nicht ganz zufrieden, fragt: »Und wo is 'n Bappa seine Überjaschung aus 'n Keller -?«

»Da wirst Du staunen, mein kleiner Mann«, verheiße ich. »Moment, muß nur nachsehen, ob das Christkindchen schon fertig ist.«
»Hatta doch an Tür geklingelt und is in' Keller nunter«, sagt Dominik. »Is sicha fertig. Komm, geh ma –«, packt meine Hand und zerrt mich.
»Nein nein nein, Du wartest, bis ich Dich rufe«, wehre ich mich, haste voraus, und frage Schröder, atemlos vor Aufregung: »Fertig?«
»Fast. Moment noch«, flüstert er. »Einmal is es schon durchgelaufen und hat sich schon ein paarmal von selber gedreht –«. Ich zünde hastig meinen unteren Baum an, schalte die Effektlichter ein und den Stereokassettinger mit den Chören und dem Hermann Prey. Alles glänzt, alles klingt, Weihnachten breitet sich aus.
»Läufts?«
»Ja –!«
Tatsächlich, es läuft. Schröder will davonhuschen, aber da tappelt ihm schon Dominik auf der Kellertreppe entgegen, fürchtet sich vor dem Unbekannten, Schröder lächelt, was ihn noch mehr verschreckt, er klammert sich an mich und brüllt:
»Maaami – Oooma – da is 'n ganz fremder Mann, nich 's Christkindi!«
Die Frauen eilen herbei. Ellen stellt Schröder der Oma vor. Der sagt verlegen »Will nicht stören«, macht drei Sätze Konversation, während ich Dominik in den Vorratskeller führe, wo es braust, leuchtet und glänzt – aber was ist das? Vom Gebirge herab wälzt sich unaufhaltsam eine weiße Lawine aus Schaum und deckt im Nu die halbe Anlage zu. Die Feuchtigkeit verträgt sich nicht mit dem elektrischen Strom, erste Lampen knallen durch, der Schaum schiebt

Figürchen um, näßt die Bahnhöfe, der Trans-Europ verschwindet unter der weißen Pracht, man hört ihn surren und jaulen, aber er kommt nicht mehr heraus. Er verröchelt.
Dominik steht starr mit weit aufgerissenen Augen. Schröder springt herzu, so schnell hab ich ihn vordem nie hupfen sehen, schaltet alles ab und versucht die Lawine händisch wegzuschaufeln.
»O Gott, was hab ich angerichtet«, wimmert er.
»Ein Schaumbad«, sagt Ellen knapp.
Da klingelts abermals an der Tür. Nanu?
»Christkindi nochmal!« meint Dominik, ohne den Blick von der weißen Katastrophe zu wenden. Ich rase hinauf. Kühlmeier! Er starrt mich an: »Du bist gesund? Wollt nur nach Dir schauen, wir haben uns alle Sorgen gemacht – frohes Fest.«
»Das haben wir grad«, sag ich, »kannst gleich helfen!« Mir ist schon alles wurscht. Ich zerr ihn in den Keller, wo Schröder zappelnd versucht, den glibbernden Berg in Eimer zu schaufeln. Die Frauen und Dominik schauen ihm regungslos zu. Kühlmeier erschrickt vor dem Chef, und der, weil er sich vor ihm geniert, pfeift ihn an: »So helfen Sie doch, gefälligst!«
Wir Männer stürzen uns auf die Arbeit. In einem rettenden Einfall hol ich den Staubsauger, und unter Ellens Protest suzeln wir pfauchend den Schaum ab, der gewiß das Innere des Saugers ruinieren wird – egal, kauf ich nen neuen – wischen Klebendes weg, während Hermann Prey mit Chor singt und die Kerzen mild flackern, richten Gestürztes auf, prüfen, schalten Einzelnes vorsichtig wieder ein, und setzen die Züge wieder auf die Gleise.
»Jetzt schau, Dominik«, rufe ich, und dreh mich um.

Aber da ist kein Dominik und keine Ellen und keine Oma. Nanu, sagen wir, und sehen auf die Uhr. Was? Halb zwölf? Wieso? Grad war 's doch noch sechs Uhr -?
Wir gehen rauf. Auch dort ist alles still.
»Hallo -!?«
Keine Antwort.
In der Küche klappert's. Ich vorsichtig hin. Ellen räumt Geschirr ein.
»Liebes«, sag ich, »wir sind fertig.«
»Wir auch.«
»Wieso -?«
»Nun, wir haben gefeiert, gegessen, die Oma heimgefahren und Dominik ist ins Bett. Ich hab noch abgespült - jetzt geh ich auch.«
Wir drei Gentlemen stehen wie drei jener sprichwörtlichen begossenen Pudel.
»Verzeih«, such ich einzulenken, »ich wollte dem Kind doch seine Eisenbahnfreude -«
»Oh, die hatte er! Auf dem Heimweg von Oma waren wir wieder am Bahnhof bei seinen Freunden. Da hat er auf'ner IC-Lok rumturnen dürfen.«
»Und zu meiner Anlage hat er gar nichts gesagt?«
»Doch.«
»Was?«
Sie blickt mir mit funkelnden Augen in die Augen und imitiert mit Nachdruck meinen Sohn:
»Schau nur Mami, wie se spieln. Komm, geh ma. Das merken die gar nich, wetten! - Hihi! - Geh ma an richtigen Bahnhof!«
Sie löscht das Licht der Küche, sagt hoheitsvoll: »Eine recht gute Christnacht wünsch ich den Herrn«, und steigt die Treppe hinauf.

Wir blicken ihr nach, dann einander an, jeder will es sagen, keiner traut sich, aber dann sag ich es:
»Da könnten wir - doch noch - ein Stündchen - hm?«
Und schon sind wir auf dem Weg zurück in den Keller. Rückblickend betrachtet wurde es dann tatsächlich noch eine recht, nein, eine sehr schöne Christnacht - für üns Herrn.

Friedrich Torberg

Kulinarisches Zwischenspiel

Der Komiker Armin Berg stammte, gleich etlichen anderen Sternen des Wiener Theater- und Cabarethimmels, aus Brünn (»aus *bei* Brünn«, wie sein Kollege Fritz Grünbaum in echtbürtiger Brünner Arroganz zu beharren liebte), und er genoß allüberall, wo im einstmals habsburgischen Bereich die von ihm gepflegte Abart der deutschen Sprache verstanden wurde, höchste Popularität. Vielleicht wird mir noch eine spätere Gelegenheit vergönnt sein, ihn und seine Artverwandten gebührlich zu würdigen; hier komme ich nur am Rande, an *seinem* Rande, auf ihn zu sprechen. In kulinarischer Hinsicht nämlich (er war mit einer Französin verheiratet) kam dem Hause Berg, das in der sozialen Hierarchie wohl näher zu Taussig als zu Löwenthal lag, allererster Rang zu – freilich nur an einem einzigen Tag im Jahr und freilich mit auswärtiger Unterstützung. Das will erläutert sein.

Was den Tag betrifft, so war es der 24. Dezember, genauer: der Abend dieses Tages, der Weihnachtsabend, an dem Theater und Vergnügungsstätten jeder Art geschlossen blieben und den die Angehörigen der Gauklerzunft, weil es ihr einziger freier Abend war, zugleich als vorweggenommenen Silvester feierten. In der wirklichen Silvesternacht gab es für sie nichts zu feiern; da mußten sie, die meisten sogar an mehreren Stellen, auftreten. Und so hatte sich allmählich die Tradition entwickelt, daß der Heilige Abend, ohne dadurch geradewegs entheiligt zu werden, vor allem als einmaliger Anlaß zu sonst kaum durchführbaren Zusammenkünften und Gastereien wahrgenommen wurde.

Der üppigsten eine, wo nicht die üppigste, fand alljährlich im Hause Berg statt, und zwar unter kolossalem Andrang, nicht nur weil Armin Berg sich auch unter seinen Kollegen ungewöhnlicher Sympathie erfreute, sondern eben jener Unterstützung wegen, die er von auswärts angefordert hatte: eigens für diesen Abend kamen aus Brünn seine Schwestern herbeigeeilt, drei an der Zahl, von kleinem, stämmigem Wuchs und weithin berühmt für ihre Kochkunst, die sie einem gemeinsam geführten Restaurant zugute kommen ließen, einem der beliebtesten in Mährens freßfreudiger Hauptstadt. Der Volksmund nannte es - in Anlehnung an das Wiener Nobelrestaurant »Zu den drei Husaren« und in Ansehung der besonders ausgeprägten Gesäßpartien seiner Besitzerinnen - »Zu den sechs Arschbacken«, und manch ein Gourmet soll um ihretwillen ernsthaft erwogen haben, nach Brünn zu übersiedeln. Am Weihnachtsabend aber kamen sie selbst, kochten Köstlichkeiten über Köstlichkeiten, verließen die Küche nur um aufzutischen oder abzuräumen, und zeigten sich der Flut der Gäste mit bewundernswerter Umsicht gewachsen.

Die Flut rollte in drei großen Wogen heran, deren erste, aus einem Halbdutzend namentlich Geladener bestehend, bereits um acht Uhr zum richtigen Abendessen erschien. Etwa zwei Stunden später begannen alle jene einzutreffen, die entweder - was zumal für Ehepaare mit Kindern zutraf - im eigenen Heim Bescherung und Schmaus veranstaltet hatten oder zuvor einer anderen Einladung gefolgt waren. Ihr Strom wurde allmählich dünner, erhielt jedoch gegen Mitternacht durch die dritte Woge kompakten Auftrieb, ja selbst zu noch späterer Stunde wurden vereinzelte Neuankömmlinge registriert. Und während dieser ganzen Zeit, also von acht Uhr abends bis in den frühen Morgen, sorgten die emsigen Schwestern fast pausenlos für immer neue Verköstigung, schleppten bald einen riesigen Topf mit Erbsensuppe herbei, bald einen ebensolchen mit Gulasch, bereicherten zwischendurch das ohnehin schon überreiche Angebot mit heißen Würsteln oder kalten Platten, mit kunstvoll gefüllten Eiern oder raffiniert zusammengestellten Salaten, und ruheten nimmer.

Mir selbst wurde an einem 24. Dezember der frühen Dreißigerjahre die Gunst zuteil, dem auserwählten Kreis der schon für acht Uhr Eingeladenen anzugehören, sowie das Glück, daß ich neben einen alten Nachtmahl-Routinier zu sitzen kam, der mir jedesmal, wenn ich einen Gang (oder auch nur einer Beilage) voreiligerweise ein zweitesmal zusprechen wollte, unterm Tisch einen Tritt ins Schienbein versetzte, um meine Gier zu bremsen und mich zu ermahnen, den kommenden Genüssen – über die er aus Erfahrung Bescheid wußte – die nötige Aufnahmsbereitschaft freizuhalten. Ich bin ihm bis heute dankbar.

Unter denen, die an jenem Abend von Anfang an dabei waren, befand sich auch Fritz Imhoff, der große Volksschauspieler, der das Pech gehabt hat, ein Zeitgenosse des noch größeren Hans Moser zu sein, sonst wäre er der größte gewesen. Als Fresser war er es. Jedenfalls übertraf er in dieser Eigenschaft alle damals Anwesenden einschließlich der später Eingetroffenen. Er widmete sich den Gerich-

ten, die für einen jeweils neuen Schub von Gästen auffuhren, mit einer so rasanten Herzhaftigkeit, als wäre auch er eben erst angekommen, und zwar hungrig.
Um zwei Uhr früh war es soweit, daß niemand mehr weiter konnte, wirklich nicht. Die geräumige Wohnung war vom leisen Stöhnen der Angeschlagenen erfüllt, die sich glasigen Blicks ihrer Erschöpfung hingaben und als einzige Nahrungszufuhr nur noch Mokka, Magenbitter oder Speisesoda akzeptierten. Fritz Imhoff saß mit gelockertem Kragen und ebensolchem Hosenbund schweratmend in einer Ecke. Der Eindruck eines groggy gegangenen Boxers wurde noch dadurch verstärkt, daß seine neben ihm stehende Frau ihm mit einem großen, weißen Handtuch Kühlung zufächelte.
Plötzlich öffnete sich die Tür, und aus der Küche erschienen die drei Schwestern, jede auf hocherhobenen Händen ein großes Tablett mit Gansleberbrötchen tragend. Sie glichen von ferne, sehr von ferne, weiblichen Epheben, wie sie vielleicht bei einem Gastmahl des Imperators Titus als jüdische Kriegsbeute Verwendung gefunden hatten, und sie schritten, die länglichen Tabletts mit der leckeren Last herausfordernd balancierend, unter kurzbeinigem Steißgewackel durch den Raum.
Imhoff hatte die müden Augenlider über seinen Schlitzaugen nicht ohne Mühe spaltbreit geöffnet und sah, was da auf den Tisch gestellt wurde. Ein verzweifeltes Ächzen entrang sich seinem überfüllten Innern:
»Tse«, machte er. »Das wird ja net zum Derscheißen sein, morgen . . .«

Keine derartigen Ängste bedrängten Herrn Penižek, als er sich einmal zu längerem Geschäftsbesuch in London aufhielt. Ob die englische Küche seither schmackhafter geworden ist, steht hier nicht zur Debatte - damals, um 1930 herum, war sie von allgemein anerkannter Ungenießbarkeit und folglich eine rechte Qual für Max Penižek, der die gewohnten Freuden der österreichisch-ungarisch-tschechisch-jüdischen Kost von Tag zu Tag schmerzlicher entbehrte.

Endlich bescherte ihm ein offenbar gottgewollter Zufall den Anblick eines koscheren Restaurants, das er denn auch sofort betrat, erlöst wie ein verirrter Hochtourist, dem sich unversehens eine Schutzhütte öffnete. Er speiste ganz vorzüglich und wollte - aus purem Nachholbedarf - die sättigende Mahlzeit mit einer Portion Käse krönen.

Zu seinem Erstaunen reagierte der Kellner auf die vermeintlich harmlose Bestellung mit gerunzelten Brauen: da müsse er erst den Chef fragen, murmelte er und entfernte sich in Richtung Kassa, wo ihn der Chef, das Käppchen der Frommen auf dem Haupt, mit leidender Miene erwartete. Penižek sah die beiden in ein gebärdenreiches Gespräch verwickelt, über dessen Bedeutung er vergebens rätselte und nach dessen Abschluß der Kellner mit dem Bescheid zurückkam: er bedaure, aber man serviere hier keinen Käse.

Das müsse ein Irrtum sein, widersprach Max Penižek, denn er habe deutlich gesehen, daß der Gast, der bis vor kurzem am Nebentisch gesessen sei, sehr wohl einen Käse serviert bekommen hätte. Und auch er selbst möchte jetzt einen Käse haben.

Abermals berief sich der Kellner auf die Notwendigkeit einer Rückfrage beim Chef. Und während er den Weg zur Kassa antrat, begann Herrn Penižek des Rätsels Lösung zu dämmern: er war, trotz Zugehörigkeit zur jüdischen Glaubensgemeinschaft (woran auch sein Äußeres keinen Zweifel ließ), mit den rituellen Speisegesetzen nur mangelhaft vertraut und hatte nicht bedacht, daß der Genuß sogenannter »milchiger« Speisen verboten war, wenn man kurz zuvor »Fleischiges« gegessen hatte. Das aber hatte Herr Penižek getan.

Nun, wenigstens wußte er jetzt, worum es ging, und als der Kellner ihm die Mitteilung überbrachte, daß ihm der Käse auf Grund des vorangegangenen Fleischgenusses verweigert werde, konterte Herr Penižek mit dem gewissermaßen sachkundigen Argument: der Herr am Nebentisch hätte ein Roastbeef verzehrt und nachher trotzdem einen Käse bekommen, also möge man gefälligst auch ihm einen solchen bringen, und bitte rasch!

Ungerührt beharrte der Kellner auf einer neuerlichen Beratung mit dem Chef; sie erfolgte mit gesteigerter Lebhaftigkeit und unter deutlichen Anzeichen des Mißmuts über den Urheber der entstandenen Komplikationen. Der Mißmut machte sich auch im Gehabe des Kellners bemerkbar, als er Herrn Penižek wissen ließ: es träfe zwar zu, daß der Herr am Nebentisch zuerst Fleisch und dann Käse serviert bekommen habe, aber der Herr am Nebentisch sei kein Jude gewesen, so daß die jüdischen Speisegesetze für ihn keine Geltung besaßen.

Zum Teufel, erboste sich jetzt Herr Penižek, für den es inzwischen zur Ehrensache geworden war, die rituelle Verschwörung zu durchkreuzen, zum Teufel, rief er, auch er sein kein Jude und damit Schluß und her mit dem Käse!

Er werde den Chef fragen, replizierte mit steinernem Gesicht der Kellner.

Diesmal verlief das Gespräch an der Kassa ganz kurz. Allem Anschein nach beschränkte sich der Kellner darauf,

die Behauptung des Gastes, daß er kein Jude sei, an den Chef weiterzugeben.
Der Chef rückte sein Käppchen zurecht, entstieg dem Kassenverschlag, kam bedrohlich langsam an den Tisch geschlurft und faßte Herrn Penižek prüfend ins Auge. Dann stach er mit spitzem Zeigefinger nach seinem Gesicht: »*No* cheese!« entschied er.

Aus einem der reichsten Bezirke des kulinarischen Raumes, aus dem der jüdischen Mehlspeisen, stammt ein Begriff, der weit über seinen Ursprung hinaus symbolhafte Bedeutung erlangt hat und den zu registrieren schon deshalb geboten erscheint, weil er sich im Alltagsleben häufig anwenden läßt. (Anwendbarkeit, wir wissen es bereits aus zahlreichen Beispielen, ist ein gesuchter Aspekt jeglicher Anekdote, Situationspointe oder Wortprägung. Erst das Gleichnis schafft den Wert.)
Was »Zores« sind, weiß jeder bessere Mensch und weiß es, wenn er ehrlich ist, aus eigener Erfahrung. »Zores«, aus dem Hebräischen über das Jiddische so tief in unsern Sprachgebrauch eingedrungen, daß man sie beispielsweise in der Wendung »Gib ihm Saures!« gar nicht mehr erkennt, sind ein Plurale Tantum und bedeuten auf deutsch ganz einfach »Sorgen«.
Was »Fladen« sind, dürfte weniger bekannt sein. Es wäre irrig, bei diesen »Fladen« an die Kuh zu denken. Sie sind das jüdische Gegenstück zur Fächertorte, gehören ursprünglich eher zum polnischen als zum böhmisch-mährischen Gastronomiebereich und bestehen aus mehreren übereinandergeschichteten Lagen oder Fächern, die wiederum nichts mit dem zu tun haben, womit man sich Kühlung zufächelt (obwohl das nach dem Genuß einer

richtigen, geilen Fladentorte dringend ratsam wäre). Die einzelnen Lagen werden aus Mohn sowie aus verschiedenartig präparierten Obstsorten hergestellt, immer mit einer dünnen Teigschicht dazwischen und manchmal noch mit Schokolade versetzt. Je vielfältiger die Fächer, je raffinierter ihre Zusammenstellung, desto höher die Qualität der Fladentorte. Und wenn nun eine Hausfrau (etwa Löwenthalscher Prägung) an den Rand einer weithin merkbaren Verzweiflung gerät, weil sie sich trotz stundenlangem Nachdenken nicht entscheiden kann, ob sie jetzt noch eine Lage gedünsteter Birnen dazutun soll oder nicht doch lieber gestoßene Nüsse, dann bezeichnet man die Sorgen, von denen sie da gepeinigt wird, als Fladenzores.
Es gibt solcher Fladenzores viele. Im Grunde sind *sie* gemeint, wenn man einem Menschen, der seine Umwelt mit ihnen belästigt, halb tadelnd und halb neidig zuruft: »*Ihre* Sorgen möcht ich haben!«
Die Fladentorte gehörte zu den Spezialitäten, für die das Restaurant Neugröschl im II. Wiener Gemeindebezirk berühmt war. Noch berühmter war es für die Person seines Besitzers, eines Originals von seltener Urwüchsigkeit und ebensolcher Grobheit, die an seiner vierschrötigen Gestalt nachdrückliche Stützung fand. Es war nicht gut, Herrn Neugröschl zu widersprechen oder sich sonstwie mit ihm anzulegen. Wenn ein Stammgast gelegentlich fragte (und nur ein Stammgast durfte das überhaupt riskieren): »Herr Neugröschl, was gibt's denn heute besonders Gutes?« und wenn Herr Neugröschl antwortete: »Was auf der Karte steht«, dann tat der Stammgast am klügsten, den schroffen Bescheid hinzunehmen und nicht etwa aufzumucken, wie ein Verwegener es einmal tat: »Dazu hätte ich Sie ja nicht fragen müssen«, murrte er und empfing die prompte Re-

plik: »Nicht? Was fragen Sie denn so blöd? Von mir aus müssen Sie erst gar nicht herkommen!« Denn Herr Neugröschl konnte auf Gäste mühelos verzichten. Er hatte ihrer übergenug.

Auch ich durfte einmal einer garantiert echten Neugröschl-Grobheit teilhaftig werden. Ich war gemeinsam mit einem Freund zum Mittagessen gekommen, mit Absicht ein wenig spät: wir hofften auf raschere Bedienung, wenn der übliche Andrang vorüber wäre. Tatsächlich fanden wir bei unserem Eintritt nur noch zwei oder drei Tische besetzt, und als auch diese sich geleert hatten, waren wir die einzigen, die noch essen wollten.

Aber wir warteten vergebens auf einen Kellner, dem wir das hätten sagen können. Offenbar hatten wir uns übermäßig verspätet, und es war bereits die Essenszeit für das Personal angebrochen.

Ungefähr zehn Minuten mochten vergangen sein, als die zweiflüglige Milchglastüre, die zur Küche führte, von innen aufgestoßen wurde. Herr Neugröschl erschien im Lokal, näherte sich unserem Tisch und blieb, wenn auch mit nur undeutlich gemurmeltem Gruß, so doch mit deutlich fragendem Gesichtsausdruck vor uns stehen.

»Herr Neugröschl«, sagte ich zaghaft, »wir sitzen jetzt schon seit einer Viertelstunde hier und möchten gerne etwas bestellen. Wäre das möglich?«

Daraufhin wandte Herr Neugröschl sich wortlos um, schritt zur Küchentür zurück, öffnete sie vermittels eines wuchtigen Tritts gegen den einen Flügel und rief so laut, daß auch wir es hören konnten, in die Küche hinein:

»Was ist denn? Zwei lausige Gäst' sind da und nicht einmal bedient werden sie?!«

Ich versage mir – wie bei so vielen ähnlichen Gelegenhei-

ten - eine Wiedergabe der wienerisch-jüdischen Dialektmixtur, deren er sich bediente. Der Leser mag sie nach Möglichkeit erahnen, erfühlen oder (in günstigen Fällen) erinnern. Das käme auch der nun folgenden Geschichte sehr zustatten, die sozusagen das Paradigma der Behandlung darstellt, die Herr Neugröschl seinen Gästen angedeihen ließ und die auf einer Umkehrung des im Gastgewerbes üblichen Leitsatzes beruhte, demzufolge der Gast immer recht hat. Bei Herrn Neugröschl hatte der Gast iimmer unrecht.
Die Geschichte, die das auf einmalig überzeugende Art bestätigt, wurde von so vielen Seiten berichtet und herumgeboten, daß sich die Frage nach ihrer historischen Wahrhaftigkeit erübrigt. Sie weist die unverkennbaren Merkmale einer weitaus höher einzuschätzenden inneren Wahrhaftigkeit auf, und es gab eine Zeit, da sie in Wien so populär war, daß ihre Schlußwendung den Rang eines Zitats erreichte. Heutzutage würde man sicherheitshalber wohl erst erklären müssen, daß »Kaiserschmarrn« eine beliebte Wiener Mehlspeise ist (bestehend aus kleingerissenem, mit Zibeben angerichtetem Palatschinkenteig) und daß die »Zwetschgenröster« - im eigenen Saft gedünstete Pflaumen - als des Kaiserschmarrns klassische, aber keineswegs einzig zuverlässige Beilage gelten.
Die Geschichte beginnt damit, daß eines heißen Sommertages ein Gast des Restaurants Neugröschl zum Abschluß seines Menus einen Kaiserschmarrn bestellt.
»Was dazu?« fragt der Kellner, unter der Einwirkung der Hitze - die überhaupt eine gewisse Knappheit des Dialogs zur Folge hat - noch mürrischer als sonst.
»Ein Kompott.«
»Was für ein Kompott?«

»Egal.«
Nach einer angemessenen Frist serviert der Kellner den Kaiserschmarrn mit einer Portion Zwetschgenröster als Beilage; er will sich entfernen, wird jedoch vom Gast zurückgehalten:
»Herr Ober, ich habe als Beilage ein Kompott bestellt.«
Der Kellner, mit entsprechender Handbewegung:
»Da steht's ja.«
»*Was* steht da?«
»Ihr Kompott.«
»Das sind Zwetschgenröster.«
»Eben.«
»Was heißt eben? Wenn ich ein Kompott bestelle, will ich keine Zwetschgenröster.«
»Warum nicht?«
»Weil Zwetschgenröster kein Kompott sind!«
»Zwetschgenröster sind kein Kompott?« fragt mit provokanter Überlegenheit der Kellner.
»Nein!« brüllt der Gast.
»Zwetschgenröster *sind* ein Kompott.« Jetzt hebt auch der Kellner die Stimme.
»Zwetschgenröster sind *kein* Kompott! Rufen Sie mir den Chef!«
Das erweist sich im selben Augenblick als überflüssig. Herr Neugröschl, angelockt durch die immer lauter gewordene Auseinandersetzung, die bereits vom ganzen, dicht gefüllten Lokal mit größter Aufmerksamkeit verfolgt wird, ist an den Tisch getreten und fragt nach der Ursache des Lärms. Selbstverständlich fragt er den Kellner und nicht den Gast, dem er mit einer scharfen Handbewegung Schweigen gebietet.
»Der Herr hat Kaiserschmarrn mit Kompott bestellt«, be-

richtet der Kellner, »und ich hab ihm Zwetschgenröster gebracht.«
»No also«. Mit gerunzelten Brauen mustert Herr Neugröschl den widerspenstigen Gast. »Was will er denn noch?«
»Er sagt, Zwetschgenröster sind kein Kompott.«
»Was sagt er?« Herr Neugröschl tritt dicht an den Beschuldigten heran. »Das haben Sie wirklich gesagt?«
»Natürlich«, antwortet der Gast.
»Sagen Sie's noch einmal.«
»Zwetschgenröster sind kein Kompott.«
Daß er von Herrn Neugröschl niemals recht bekommen wird, muß ihm längst klar gewesen sein. Aber was ihm jetzt passiert, hat er ganz gewiß nicht vorausgesehen: Herr Neugröschl, der Hitze wegen in Hemdsärmeln, krempelt dieselben hoch, packt ihn mit der einen Hand am Genick, mit der anderen um die Taille und befördert ihn mit dem Ruf: »Zahlen brauchen Sie nicht, Sie sind mein Gast!« zur Türe hinaus.
Dann - und das ist der eigentliche Kern der Geschichte - pflanzt sich Herr Neugröschl mitten im Lokal auf, seine Blicke schweifen in die jäh verstummte Runde der Gäste, die sich ängstlich über ihre Teller ducken, und seine Stimme klingt unheilkündend, als er Anlauf nimmt:
»Es sind *noch* ein paar da, die sagen, Zwetschgenröster sind kein Kompott!« Und schüttelt drohend die erhobene Faust: »Aber ich kenn sie alle!!«
Daß Neugröschls Konkurrenten ihm nicht wirklich gefährlich werden konnten, bekundet eine Geschichte, die aus dem geographisch wie ideologisch nahe zu Neugröschl gelegenen Restaurant Tonello berichtet wird. Dort erschien zu früher Mittagsstunde ein Gast und bestellte Scholet, je-

nes ungemein fetthaltige, schwer verdauliche Meisterwerk jüdischer Kochkunst, das von Heinrich Heine in frevler Schiller-Parodie als »schöner Götterfunken« besungen wurde.
Der Kellner kam aus der Küche zurück und bedauerte: das Scholet sei noch nicht fertig.
»Was?« rief der enttäuschte Gourmet. »Halb eins und noch kein Scholet? Bei Neugröschl wird schon gerülpst!«
Von den übrigen jüdischen Eßlokalen behauptete sich am weitaus besten der sogenannte »Würstel-Biel«, eine Selchwarenhandlung mit angeschlossenem Speisesaal, wo man außer den hauseigenen Erzeugnissen auch noch andere Gerichte bestellen konnte. Zum Unterschied von Herrn Neugröschl, wenn auch aus ähnlich mürrischer Veranlagung, trat Herr Biel mit seinen Gästen in keinerlei Kontakt. Ab und zu sah man ihn im Hintergrund des Lokals auftauchen und übellaunig die Kassa kontrollieren (die ihm zu übler Laune gewiß keinen Anlaß gab) - dann verschwand er wieder im Comptoir, ohne jemanden eines Blickes gewürdigt zu haben.
Von Eingeweihten hörte man, daß er trotz zufriedenstellendem Geschäftsgang mit seinem Leben unzufrieden war, und manche Anzeichen sprachen dafür, daß er seinen Beruf verfehlt zu haben glaubte. Sie sprachen aus den von ihm textierten Plakaten, die - teils gereimt, teils in jeder Hinsicht ungereimt - an den Wänden seines Lokals hingen. Er verkehrte mit seiner Kundschaft sozusagen per Plakat.
Von den gereimten waren es besonders zwei, die seiner abgeschnürten lyrischen Ader zur Geltung und sogar zu einer gewissen Popularität verholfen hatten:

Willst du essen gut und viel,
Mußt du gehn zum Würstel-Biel.

Schon Hamlet fragte einst, so geht die Sage:
To Biel or not to Biel, das ist die Frage.

Diese beiden markigen Sinnsprüche wurden auch als Inserate verwendet, indessen Biels Prosa sich auf das eigentliche Lokal beschränkte und nicht ohne weiteres verständlich war:
»Die P.T. Gäste werden ersucht, das Essen nicht auf den Boden zu werfen«, lautete eine an mehreren Stellen angebrachte Warnung, die den Eindruck entstehen ließ, daß die Gäste, wenn sie an einem Gericht etwas auszusetzen fanden, kurzen Prozeß machten und es mit entrüstetem Schwung zu Boden schleuderten. Dem war nicht so. Vielmehr bewirkten Qualität und niedrige Preise des Bielschen Angebots, daß der ohnehin nicht sehr geräumige Speisesaal immer gesteckt voll war und die runden Tische weit über ihre Kapazität ausgenützt wurden. Wenn nun an einem Tisch, der maximal fünf Personen halbwegs auskömmlichen Platz geboten hätte, ihrer sechs oder sieben saßen, konnten sie im solcherart eingeengten Aktionsradius ihren Tellern nur dadurch die nötige Aufnahmefähigkeit sichern, daß sie die verbliebenen Knochen und sonstigen unbrauchbaren Reste möglichst unauffällig unter den Tisch fegten. Und dies wurde ihnen von Herrn Biel - statt daß er für mehr Platz oder rasches Abräumen gesorgt hätte - mittels Plakat untersagt.
Noch komplizierter verhielt es sich mit der Aufschrift einer Tafel, die das P.T. Publikum auf die Sonntagssperre aufmerksam machte. In jedem andern Lokal hieß es ganz

einfach: »Sonntag geschlossen.« Bei Biel hieß es: »Jeden Sonntag den ganzen Tag geschlossen«, und ich habe lange über die Entstehungsgeschichte dieser einigermaßen überladenen Form gerätselt. Wahrscheinlich hatte sich auch Herr Biel, als die einschlägige Vorschrift der Gewerbeordnung erschien, zuerst mit einem simplen »Sonntag geschlossen« begnügt. Da aber drangen seine gierigen Stammgäste zu dem schwer Zugänglichen vor und fragten, ob er nicht wenigstens zu Mittag oder nicht wenigstens am Abend aufmachen könnte, um sie zu verköstigen. Herr Biel verneinte und hielt das in einem entsprechend erweiterten Wortlaut fest: »Sonntag den ganzen Tag geschlossen.« Auch ein erneutes Drängen, dann wenigstens nur jeden zweiten Sonntag zu schließen, wies Herr Biel zurück, womit die Textfassung ein für allemal gegeben war: »Jeden Sonntag den ganzen Tag geschlossen.«
Ich wüßte nicht, wie sie anders zustande gekommen wäre. Ich sehe die aufgeregten Beschwerdeführer vor mir, höre sie auf Herrn Biel einsprechen, höre seine kurzen, von scharf akzentuierenden Gesten begleiteten Ablehnungsworte, die in der oben zitierten Schlußformel ihren endgültigen Ausdruck fanden. Und noch selten hat mir ein an sich korrekter deutscher Satz so massiv entgegengejüdelt wie dieser.

Nur weil es schade wäre, wenn sie verloren ginge, sei hier – sozusagen »als Gast« – eine kulinarische Anekdote festgehalten, zu der ich höchstens insofern eine persönliche Verbindung anmelden darf, als ich mit dem Sohn ihres Helden befreundet bin. Der Held ist Leo Slezak, Wiens unvergessener Operntenor und Filmliebling, und die Richtigkeit der Anekdote wurde mir von seinem Sohn Walter bestätigt (der sich mit einer höchst erfolgreichen Karriere im amerikanischen Film und Fernsehen ausweisen kann, also ein rares Exempel darstellt: er ist als Sohn eines berühmten Vaters aus eigener, origineller Begabung, ohne am väterlichen Namen zu schmarotzen, auch seinerseits berühmt geworden).

Leo Slezak gastierte häufig in München und speiste dort mit Vorliebe in einem kleinen jüdischen Restaurant, dessen Besitzer die große Ehre sehr zu schätzen wußte. Als er seinen prominenten Stammgast wieder einmal händereibend mit der Frage umdienerte: »Herr Kammersänger, was werden wir heute essen?« antwortete Leo Slezak kurz und entschieden:

»Gänse.«

Horst Pillau

Bist du ein Engel?

Es schneite, wie es sich gehörte. Frischer Schnee überzog Bürgersteig und Fahrdamm und hellte das Dunkel dieses Weihnachtsabends auf. Die Fenster der Wohnzimmer waren vom matten Licht der Kerzen gesprenkelt. Jeder wußte, wohin er gehörte, überall wurde beschert.

Nur Maria Friese stand vor der Tür eines etwas verkommenen Mietshauses und überlegte, verdutzt und ungläubig, was sie nun tun sollte. Ungläubig: ein Wort, das eigentlich nicht zu Weihnachten paßte. Sie hatte Ulla besuchen wollen, die schwierigste ihrer Töchter. Ulla machte es sich immer schwerer als nötig und hatte es folglich schwer, denn sie war unverbindlich, abweisend und uncharmant. Maria Friese hatte die zweistündige Bahnfahrt in die Großstadt unternommen, um den heutigen Abend mit Ulla zu verbringen. Sie hatte geklingelt, aber dann stand die ganze WG in der Wohnungstür, um sie kühl zu mustern und ihr mitzuteilen, daß Ulla vor vier Wochen ausgezogen war, ohne zu sagen, wohin. Aber sie hatte keine Angst vor dem Alleinsein heute. Sie würde in Richtung Hauptbahnhof gehen, vielleicht auch eine der Kneipen betreten, die für Einsame geöffnet waren.

Maria Friese machte sich auf den Weg, und ihre Schuhe stanzten Spuren in den Schnee. Sie überquerte eine

Straße, kein Auto war zu sehen. »Markt und Straßen stehn verlassen, still erleuchtet jedes Haus ... .«
Sie wunderte sich, daß ihr Weihnachtsverse in den Sinn kamen. Sie hatte es falsch gemacht mit diesem Weihnachten. Da hatte sie nun die Bescherung.
Dann hörte sie plötzlich ein lautes Schluchzen und blickte auf. Ein ziemlich kleiner Junge kam ihr entgegen, er stapfte durch den Schnee, bei dem es doch nicht viel zu stapfen gab, und heulte. Er wollte an ihr vorbei, aber sie tippte ihm energisch auf die Schulter.
»He, du! Hast du dich verlaufen?«
Der Junge sah eher wütend als ängstlich aus. Er musterte die fremde Frau mit rot unterlaufenen Augen. »Natürlich nicht! Ich kenn' mich doch aus!«
»Und warum bist du dann nicht zu Hause?«
»Weil ich abgehauen bin! Ich halt' das nicht mehr aus mit meinen Eltern!« Er stampfte sogar mit dem Fuß auf.
»Weshalb?« fragte sie besorgt.
»Weil sie sich zanken!«
»Heute?« fragte sie verwundert.
»Und wie!« stieß der Junge hervor. »Angeschrien haben sie sich! Endlos! Und jetzt reden sie gar nicht mehr miteinander! Die sind doch bescheuert!«
Hm. »Tausend Kindlein stehn und schauen, sind so wundervoll beglückt.« Joseph von Eichendorff hätte den Burschen sehen müssen. Von Sanftheit keine Spur. Aber immerhin war er in Schwierigkeiten, man mußte ihm helfen.
»Wie heißt du denn?«
»Stupsi.«
»Ich meine richtig.«
Er schien nachzudenken. »Thomas«, sagte er dann. »Thomas Krieger.«

»Auch das noch«, murmelte Maria Friese. »Und wie alt bist du?«
»Fünf Jahre und drei Monate«, sagte er, nun schon ganz friedlich. »Also fast sechs.«
Sie nickte. »Wenn du willst, geh' ich mit dir zu deinen Eltern und bring' das in Ordnung.«
Die Kriegers wohnten drei Häuserblocks weiter, und die Stimmung war wirklich schlecht in der Wohnung.
»Ich bring' Stupsi«, sagte Maria Friese zu dem blonden und ebenso hilflos wie tapsig aussehenden Familienoberhaupt.
»Vielen Dank.«
Aus dem Schlafzimmer hörte man heftiges Schluchzen. Maria Friese deutete hinüber. »Kann ich Ihrer Frau helfen?« fragte sie ohne Umschweife. »Ich habe drei erwachsene Töchter.«
»Das schaffen Sie doch nicht!« rief der blauäugige Endzwanziger erbittert.
»Was ist passiert?« fragte sie, als hätte sie ein Recht, das zu fragen. Und Herr Krieger gab Auskunft. Seine Frau hatte sich übernommen. Seit Wochen hatte sie Päckchen gepackt, für Verwandte in Cham, für die Eltern in Bremerhaven, für Freunde in Polen. Sie hatte Briefe geschrieben und war durch die Stadt gehastet, um Geschenke zu besorgen, sie hatte eine alte Oma, eine alte Tante und einen alten Onkel in ihren Altersheimen besucht und für die Feiertage die Lebensmittel eingekauft. Heute vormittag mußte sie auch noch Großreinemachen! Und nun war sie fertig mit den Nerven, »fix und foxi«, wie Stupsi sachlich ergänzte. Nein, das Fest, für das sie geschuftet hatte, konnte sie nun nicht mehr genießen.
Maria Friese ging ins Schlafzimmer hinüber und sah im

Halbdunkel eine zarte Gestalt mit angezogenen Beinen auf dem Bett liegen. Maria Friese setzte sich kurzerhand an den Bettrand. »Das kriegen wir in Ordnung«, sagte sie beruhigend. Linda Krieger schien die Anwesenheit dieser Fremden als gegeben hinzunehmen. »Ich sprech' nicht mehr mit ihm!« rief sie. »Ich laß mich scheiden!«

»Aber vorher sollten Sie noch einmal zusammen Weihnachten feiern«, schlug Maria Friese vor. Die junge Frau hob den Kopf und starrte die Fremde mit den grauen Haaren an. Sie schüttelte verzweifelt den Kopf. »Mit dem da . . .« Dabei hatte der Bär da draußen ganz lieb ausgesehen.

»Na ja, wenigstens Stupsi hätte nicht so einen unheiligen Abend verdient«, sagte Maria Friese mahnend.

Die junge Frau schluchzte auf. »Ist ja doch alles verpatzt«, rief sie. »Die Kerzen sind kaputt! Und das Essen - alles hin.«

»Das seh' ich mir gleich mal an«, sagte Frau Friese. »Ruhen Sie sich noch ein Viertelstündchen aus. Dann machen Sie sich zurecht und holen Stupsis Geschenke. Und dann geht's los.«

Maria Friese ging in die Küche und sah den zerfallenen Karpfen im Topf. Er hatte zu lange gekocht, aber hübsch hergerichtet würde er ein ausgezeichnetes Fischgericht abgeben. Sie schaltete die Herdplatte ein, auf der die Kartoffeln standen, zerließ Butter und holte Gewürze aus dem Wandschrank. In Küchen kannte sie sich aus.

Dann deckte sie den Tisch, das sah festlich aus, so kann es Linda nicht, dachte Peter Krieger anerkennend.

»Gleich geht's los!« rief ihm Maria Friese zu, während er bedauernd die elektrischen Kerzen wegräumte.

»Sie kommt ja doch nicht!« sagte er trotzig. Aber fünf Mi-

nuten später erschien Linda Krieger, blaß und durchsichtig und statt des ramponierten Nervenkostüms trug sie ein hübsches schwarzes Paillettenkleid.
»Soll ich den Fernseher einschalten?« fragte Herr Krieger, als hätte die Fremde das zu entscheiden.
»Lieber das Radio!« schlug Frau Friese vor. Im Zweifelsfall war Radio immer schöner. »Ihr Kinderlein, kommet«, wurde da gesungen, dann »O du fröhliche, o du selige« und schließlich »Stille Nacht, heilige Nacht«. Frau Krieger half Frau Friese in der Küche. Der Fisch war gerettet, mit Grün garniert sah er in der ovalen Keramikschüssel sehr appetitlich aus. Stupsi durfte die Kerzen anzünden. Sie setzten sich.
»Guten Appetit!« sagte Maria Friese, als sei sie autorisiert dazu. Es schmeckte ihnen allen so gut wie lange nicht.
»Vom Himmel hoch, ihr Englein kommt« wurde im Radio gesungen, und Stupsi starrte seine neue Bekannte an. Jetzt begriff er: Natürlich, die war ein Engel! Vom Himmel hoch, da kam sie her! Sie hatte eine Katastrophenweihnacht verhindert, seine Eltern würden sich möglicherweise nicht mal scheiden lassen, und der Heilige Abend würde noch ganz schön heilig werden.
Später wurde beschert. Die drei Kriegers erhielten genau das, was sie sich gewünscht hatten, und für Maria Friese gab es einen schönen Landschaftskalender. Sie tranken Tee mit Rum und aßen das Weihnachtsgebäck, das Linda noch geglückt war, und ihr Mann stand neben ihr und legte den Arm um ihre Schultern. Sie hatte zwar Nerven wie Spinnweben, aber diese Frau Friese hatte die Spinnweben wieder zusammengeknüpft.
Dann schlug Frau Friese vor, Herr Krieger solle ihnen das Weihnachtsevangelium vorlesen, das sei ja immerhin

unmittelbarer Anlaß zu diesem Fest. Ein verblüffender Vorschlag, sie wollten ihn auch befolgen, fanden die Bibel aber nicht. »Wir müssen doch eine haben!« rief Linda Krieger. »Da rechts vielleicht, neben dem Pilzbuch.« Aber es war ein anderes schwarzes Buch, das da stand. Dann fanden sie schließlich die Bibel, sie stand zwischen dem Buch von der Midlife Crisis und dem Buch »Bewahre uns vor der Liebe«, was auch keine rechte Nachbarschaft für die Heilige Schrift ist.

Peter Krieger las vor, und ein bißchen Bethlehem zog in die Wohnung Krieger ein. Denn was Weihnachten bedeutete, daran hatten sie schon Jahre nicht mehr gedacht. Später unterhielten sie sich noch, und schließlich bezog Linda im Wohnzimmer die Couch für die Besucherin, und sie gingen schlafen.

Maria Friese allerdings nahm Tasche und Mantel, ging auf Zehenspitzen auf die Diele hinaus und zog die Wohnungstür leise hinter sich zu. Sie fuhr noch mit dem letzten Zug nach Hause. Dort wartete Tochter Ulla auf sie und fiel ihr um den Hals, denn Ulla hatte auch ein schlechtes Gewissen. Nun wurde es noch ein sehr friedlicher restlicher Weihnachtsabend.

Herr und Frau Krieger waren zu Bett gegangen und wußten nicht, daß ihr Gast fort war. Sie lagen dicht nebeneinander und überlegten kurz, ob es ungehörig war, sich am Heiligen Abend richtig zu versöhnen. Aber schließlich war es doch ein Fest der Liebe.

Und der Junge im Kinderzimmer nahm sich fest vor, morgen früh unauffällig mit dem Zeigefingernagel an Frau Friese, dem »Engel«, zu kratzen – möglicherweise ging da doch ein bißchen Blattgold ab.

Helmut Qualtinger

Familie unterm Lichterbaum

(Die Familie Pitsch unterm Weihnachtsbaum. Die Kerzen sind heruntergebrannt, die Geschenke ausgepackt. Das Essen ist vorüber. Man sitzt satt herum. Die Herren haben den Rock ausgezogen, den obersten Hosenknopf offen.)

(Ein Engel geht durchs Zimmer, wie man so sagt).

Herr Pitsch: Gut, daß wirs hinter uns haben.

Gustl: War das früher schöner . . .?

Schwester: »Stille Nacht« hätt ma singen solln.

Pitsch: Wir sind doch erwachsen!

Schwester: Die Kinder sind ja nicht mehr da . . .

Gustl: A Karten hab i kriegt. Von einer Insel . . .

Pitsch: Dort sans scho wieder weg . . .

Schwester: Ich hab mir immer gewünscht: Weihnachten im Wald.

Pitsch: Dann geh in Stadtpark!

Schwester: Um die Zeit, in der Nacht . . .

Gustl: Ich weiß, es stört die Stimmung, aber ich muß mich für einen Moment entschuldigen . . . (Ab)

Pitsch: Die letzten Weihnachten waren . . . i weiß net warum . . . festlicher . . .

Schwester: Die Kinder waren da, die Mama und . . . (Sie beginnt zu weinen).

Pitsch: Ich hab ihn dir eh ausstopfen lassen.

(Er entnimmt einer Tasche einen ausgestopften Hund.)
Schwester: Das is a Freud - so wie wenn i dir die Deinige hätt ausstopfen lassen!
Pitsch (lacht): Du hast Ideen! - Die Meinige unterm Christbaum!
(Er verkutzt sich.)
Gustl (kommt zurück): Der Karpfen ist heimtückisch. - Das vertragt man heute nimmer ...
Schwester: Ich hab ihn nie mögen ... Schon bei die Eltern nicht .. Ich wollt ihnen nur nicht das Fest verderben ...
Gustl: Am schönsten war die Kriegsweihnacht. - Da hat man sich besonnen ...
Pitsch: Echten Cognac hats geben.
Schwester: Ich hab das ganze Jahr Eingemachtes gespart. - Aber die Männer waren nicht da ...
Pitsch: Wie wir zruckkommen san, haben wir dasselbe wie die andern fressen müssen ...
Gustl: Habt ihr das Gansl für morgen im Eisschrank?
Schwester: Ich habs auf den Balkon geben. Dort kanns auslüften. Es schneit ja.
Pitsch: I gfreu mi auf das Gansl.
Schwester: Ich glaub, der Karpfen war wirklich komisch ... (Sie eilt weg.)
Pitsch: So werden wir immer weniger.
Gustl: Von Jahr zu Jahr ...
Pitsch: Erst glaubt man, es kommt was, dann wirds nix ...
Gustl: Wie mit der Liebe ...
Pitsch: Wenns mit dem Kindersegen einmal aus is. - I bin eigentlich froh, daß sie heuer net da san ...
Gustl: Man merkt doch, daß alles teurer wird.
Pitsch: Wir haben ja gar nix zum Trinken ...
Gustl: Deine Schwester wird schon was bringen. Sie ist ja

rührend als Hausfrau. - Auch wenn man merkt, daß sie ihr ganzes Leben allein gelebt hat.
Schwester (kommt mit Sekt und Gläsern): Eigentlich war er ja für Silvester bestimmt, aber da bin ich schon im Spital ...
Pitsch: Ich war schon oft im Spital, und nie is was gwesen. - Du wirst sehen, es wird sehr nett sein. Man weiß eh nicht, wo man zu Sylvester hingehen soll ...
Gustl: Ich geh auf den Stephansplatz und schau mir die Leut an.
Pitsch: Was machen die?
Gustl: Sie schauen mich an ...
Pitsch: Warum?
Gustl: Weil i bsoffen bin.
Pitsch: Die sind doch selber bsoffen ...
Gustl: Das is ja eben das Lustige an Sylvester. -
Schwester: Es wart so viel zum Lesen auf mich ... Ich habs noch gar net auspackt. Vielleicht is ein Diätkochbuch dabei. Das soll so gsund sein.
Pitsch: Mir scheint, der Karpfen is a Spätzünder. Sonst war ich doch der einzige, der ihn vertragen hat. (Ab)
Schwester: Der Korken is so zäh. Ich habs schon vor dem Essen probiert ...
Gustl: Das is eben der Unterschied zum Champagner. (Er hantiert mit Flasche und Korkenzieher). Wie die das im Kino immer machen?
Schwester: Die lernens von der Wiege auf.
(Der Korken knallt. Sonst geschieht nichts.)
Gustl: Jetzt müßt er schäumen.
Schwester: Wie schmeckt er denn?
Gustl (kostet): Früher wären wir froh gewesen ...
Schwester (kostet gleichfalls): Zum Anstoßen reichts ...

Gustl: Wir müssen Geduld haben mit dem Herrn Bruder. Die erste Weihnachten ohne seine Gattin ...
Schwester: Und er hat sich so drauf gfreut. Seit Jahren schon –
Gustl: Manchmal macht man sich so Illusionen ...
Schwester: Das kann uns nicht passieren ...
Gustl: Waren Sie einmal verliebt?
Schwester: Einmal ...
Gustl: Und er hat nix davon gmerkt? Vielleicht ist es noch nicht zu spät ... (Er setzt zu einer Umarmung.)
Schwester: O ja. Er is ein amerikanischer Stummfilmstar und längst tot ...
Gustl: Da hat er ja noch Glück ghabt. Jetzt gibts schon lang Farbfilm ...
Schwester (mit Tränen): Warum laßt man die Kerzen so kurz brennen?
Gustl: Es gibt soviel Zimmerbrände.
Schwester: Die armen Kinder ...
Gustl: Ich hab immer gleich nachher ins Bett müssen. (Er legt seinen Kopf schluchzend an ihre Schulter.)
Schwester (schluchzt gleichfalls): Ich hab nie ein anständiges Bett ghabt ... (Ernüchtert:) Wir haben ja noch gar net getrunken.
Gustl: Mir ist es plötzlich zu Bewußtsein gekommen, daß ich nie ans Christkindl geglaubt hab.
Pitsch (kommt zurück): Überall brennen die Lichter. – Dabei sind nirgends Kinder da. Nur alte Weiber ...
Schwester: Du bist der einzige Mann im Haus!
Pitsch (lacht): Der Weihnachtsmann.
(Man hört die Feuerwehr.)
Schwester: Die armen Kinder!
Pitsch: Wieso?

Schwester: Die brennen als erste ...
(Stille)
Gustl: Also was geschiecht jetzt?
Schwester: Unsre Geschenke können wir uns ja nicht anziehn ...
Pitsch: Spielen wir was!
Gustl: Wann kommt man sonst dazu?
Schwester (zieht unter dem Weihnachtsbaum ein Würfelspiel hervor): Das is ein ganzes Spielmagazin. Also was? Halma, Domino, Wettrennen, Mensch-ärgere-dich-nicht?
Pitsch: Das is ja zu dumm! Von wem is das überhaupt? (Er sieht nach:) Von einem Bürokollegen. - (Er sieht noch einmal hin:) Sein Sohn is grad in Frühpension gangen und hinterläßt keine Kinder.
Gustl: Probieren wirs!
Schwester (legt das Spiel auf den Tisch und würfelt): Ich hab einen Sechser (würfelt noch einmal): Vier.
Pitsch: Blödsinn! (würfelt gleichfalls:) Eins. - Das ist ein dummes Spiel!
Gustl (würfelt): Neun!
Pitsch: Das heißt fünf. (Zur Schwester:) Also fang an ...
(Alle trinken den Sekt.)
Pitsch: Was habts ihr mir da hineingschütt?
Schwester: Er is vom vorigen Jahr. (Zu Gustl:) Wir haben keinen anständigen Keller! (Setzt eine Figur:) Eines machen wir gleich aus. Nicht schwindeln!
Pitsch (würfelt wieder): Zwei. Das hat ja kan Sin! Wir sind doch erwachsene Menschen! Von oben bis unten Schwindel! - Können wir sonst nix anfangen?
Gustl: Es ist erst halb acht ...
Pitsch (plötzlich wütend): Heuer wird net gfeiert! - Meiner Gattin wär das gar net recht!

Schwester: Heuer habens sogar im Fernen Osten Waffenstillstand!

Gustl: Laß wenigstens den Baum in Ruh!

Pitsch: Aha! Eigentlich möchtst du ihn umwerfen! Du Eindringling!

Gustl: Sag das noch einmal!

Pitsch: Anhängsel!

Gustl: Ich gehe nächstes Jahr in Pension.

Pitsch: Anfressen hast dich wollen! – Und an meine Schwester anhängen! – An den Familienbesitz!

Schwester (begütigend): Er hat mehrere Einladungen ausgschlagen.

Pitsch: Im Kaffeehaus hat er erzählt, daß wir nur eine Dusche haben und sie nicht benützen!

Gustl: Manche Menschen lernt man erst nach Jahrzehnten kennen. Wir werden uns wohl so bald nicht mehr sehen. (Er will gehen, kehrt noch einmal zurück, nimmt ein kleines Paket:) Mein Geschenk an die Familie. Französische Seife. Sie riecht nach Rosmarin. Schade. (Ab)

(Stille)

Pitsch (trinkt widerwillig den Sekt): Warum haben wir so wenig Freud an dem Fest?

Schwester (schluchzend): Ich kann doch nix dafür . . .

Pitsch: Ich glaub, ich weiß es . . . Weil es die Juden erfunden haben . . .

(Man hört die Feuerwehr.)

(Dunkel)

Joe Lederer

Das Engelchen

Als ich sie das erste mal sah, hatte sie einen langen weißen Bart. In der Hand trug sie einen Holzstab. Sie war der anbetende Hirte beim Krippenspiel, das ihre Schulklasse für unseren Kindergarten aufführte. Sie blieb mir in Erinnerung, weil sie beim Niederknien den Bart verlor, in Tränen ausbrach und laut schluchzend die Bühne verließ.

Als wir im nächsten Sommer in ein neues Haus übersiedelten, traf ich sie wieder. Sie hatte ein Kleid an und bunt gestreifte Söckchen, aber ich erkannte sie auf der Stelle. Sie wohnte in der Nachbarvilla. Eigentlich hieß sie Angela, aber sie wurde Engelchen gerufen.

Obwohl sie drei Jahre älter war als ich, war sie immer bereit, mit mir in der Sandkiste schöne nasse Kuchen zu bakken und zeigte mir, wie man Papierpuppen ausschneidet. Sie war ein sehr artiges Kind. Von der Sachertorte, die ich aus unserer Speisekammer klaute, aß sie keinen einzigen Bissen, als ich ins Gymnasium kam und für meinen Physikprofessor schwärmte, hörte sie verständnislos zu, sie begriff nicht, was in mir vorging.

Das Engelchen trug seinen Namen zu Recht. Mit diesem unschuldigen Gesicht und dem blonden Ringelhaar wäre sie jederzeit als Christbaumdekoration zu verwenden gewesen.

Sie hatte keine Geschwister und wurde von ihren Eltern unter einem Glassturz gehalten. Anscheinend beabsichtigten sie, sich nie von ihrer Einzigen zu trennen. Schon in der Schule durfte sie keine Jungen ins Haus einladen, die Tanzstunde nur in Begleitung besuchen. Jedes männliche Wesen wurde ihr ferngehalten, und das Resultat war, daß sie schließlich diesen Friedrich-Wilhelm heiratete.
Es war zum Länderspiel Österreich-Deutschland aus Berlin nach Wien gekommen und hatte das ihm unbekannte Engelchen auf der Straße nach dem Weg zum Café Dehmel gefragt.
Angela war damals zwanzig und Friedrich-Wilhelm vierundvierzig. Er ließ sich ihretwegen scheiden.
Die Eltern waren entsetzt. Nicht nur, weil ihnen die Tochter entrissen wurde - noch dazu von einem Preußen -, sondern wegen des Altersunterschiedes und vor allem, daß das Glück auf einer zerstörten Ehe aufgebaut werden sollte. Aber Angela setzte ihren Kopf durch. Wer glaubte, daß das Engelchen aus Wachs sei, irrte sich. Wenn es ums Ganze ging, war sie jeder Situation gewachsen. Sie drohte, den Schutz des Vormundschaftsgerichtes anzurufen - eine Schande, die ihre Eltern nicht überlebt hätten. Sie gaben zwar nicht ihren Segen, aber ihre Einwilligung. »Du wirst es bitter bereuen«, sagten sie.
Ich bekam Friedrich-Wilhelm nur kurz zu Gesicht. Was das Engelchen entflammt hatte - und sie brannte lichterloh -, war mir nicht ganz klar. Friedrich-Wilhelm war von gedrungener Statur, hatte schütteres Haar und einen feisten Nacken. Vielleicht lag es an seinen dunklen Augen, an dem trägen und dabei hungrigen Blick, mit dem er das Engelchen auffraß. Die düsteren Prophezeiungen der Eltern verwirklichten sich nicht. Als sie drei Jahre später

nach Berlin übersiedelte, war die Ehe noch voller Glanz und Gloria.

Das Engelchen führte mir beseligt ihr Brillantarmband, den eigenen kleinen Wagen und eine Hermelinstola vor – Friedrich-Wilhelm war Zahnarzt, und da er doch auch für seine Geschiedene und zwei Kinder sorgen mußte, war er offensichtlich ein Großverdiener.

Sie hatten eine imposante Wohnung mit nachempfundenen Renaissance-Möbeln und ein paar Biedermeierstükken, die Angela von daheim mitgebracht hatte. Es gab häufig Gäste. Zum engsten Zirkel gehörten eine kleine Schauspielerin, ein berühmter Lyriker und Madame Herma, bei der ich meine Kleider kaufte. Ich glaube, die meisten waren Patienten von F.-W. Zumindest hatten sie alle strahlend weiße, teure Zähne.

Das Engelchen war mir seit unserer Kinderzeit lieb, aber ich drückte mich vor den Einladungen. Ich mochte ihren Mann nicht. Seine Stimme wurde immer lauter, seine Krawatten immer auffallender, sein Kinn schwabbelig. Er mußte jetzt an die Fünfzig sein. Angela betete ihn an.

Hin und wieder traf ich die beiden zufällig bei einer Theaterpremiere oder setzte ihnen bei mir daheim pflichtschuldig Cocktails vor. Im übrigen beschränkte ich mich darauf, mit dem Engelchen gelegentlich zu telefonieren. Manchmal hörte ich auch von der kleinen Schauspielerin, wie es ihr ging, oder ich erfuhr bei einer Anprobe im Salon Herma, daß Angela sich einen kostbaren Teppich zugelegt, ein delikates, selbstgebackenes Soufflé aufgetischt hatte oder sich überlegte, ob sie ihr Haar tizianrot färben sollte. »Der Doktor schwärmt nämlich für Rötlich!« erklärte mir Herma, »seine kleine Frau liest ihm doch alle Wünsche von den Augen ab, so fügsam und sensitiv. Die beiden könnten nicht besser zusammenpassen, er hat ja ebenfalls ein unbeschreibliches Zartgefühl!« Sein Zartgefühl lernte ich erst später kennen, aber daß Friedrich-Wilhelm für Rötlich schwärmte, schien zu stimmen, denn bald darauf sah ich ihn im Newa-Grill mit einer üppigen, echten Kupferroten speisen, und vom Engelchen war weit und breit keine Spur. Entweder war sie blond geblieben, oder der Friseur hatte nicht die richtige Nuance herausbekommen. Im Sommer, an einem regnerischen Abend, wäre ich fast in F.-W. hineingerannt, konnte aber noch rechtzeitig zur anderen Straßenseite hinüberwechseln. Er kam Arm in Arm mit einem blutjungen Mädelchen daher, einer Halbwüchsigen, Schmächtigen und beruhigend Brünetten.

Es war Instinkt, daß ich damals Angela anrief. Ich hätte keinen Vorwand gebraucht, aber aus lauter schlechtem Gewissen fragte ich, ob nicht nächste Woche ihr Geburtstag sei und was sie für ein Geschenk möchte.

»Du bist aber vergeßlich!« sagte sie. »Ich bin eine Jungfrau in der dritten Dekade. Erinnere mich bloß nicht daran, dieses Jahr werde ich sechsundzwanzig! Warum nicht ein Parfüm, so wie immer? Stell dir das nur vor, sechsundzwanzig!«

Ich stellte es mir vor. Daß um die Ecke schon die Dreißig lauerte. Angelas unschuldiger Kinderblick, die Ringellöckchen würden dann lächerlich wirken. »Und gibt's sonst was Neues?« erkundigte ich mich. Es sei alles in schönster Ordnung, sagte sie. O ja! Sie hatte eine bemalte Holzstatuette der heiligen Apollonia entdeckt und bereits angezahlt . . . »Geschenk für meinen Mann! Die Schutzheilige der Bader und Zahnbrecher – hast du das nicht gewußt? Er geht doch ganz in seinem Beruf auf, manchmal arbeitet er bis in die Nacht hinein!«

Nun, warum sollte Friedrich-Wilhelm nicht bis in die Nacht hinein arbeiten, er hatte ja tatsächlich viele Patienten. Auch klang die Stimme des Engelchens genauso fröhlich wie immer. Sie lud mich für nächste Woche ein - »in kleinem Kreis«, sagte sie, aber als ich hinkam, war es allerkleinster Kreis, nur sie und er.
»Auf Friedrich-Wilhelms ganz besonderen Wunsch!« erklärte Engelchen. »Er will dich in Ruhe genießen.«
Ich glaube nicht, daß er mich genoß, er starrte entweder das Tischtuch an oder warf mir dunkle, schwermütige Blicke zu.
Als die Mahlzeit beendet war, bat er das Engelchen, sie solle selbst den Mocca zubereiten. »Keine macht ihn wie du - und bitte, ganz langsam, tropfenweise aufgießen!«
Es war wie in der Kinderzeit, wenn einen die Erwachsenen hinausschickten, um sich ungeniert aussprechen zu können. »Hol ein Glas kaltes Wasser, aber wirklich kalt, laß es lang abrinnen.«
Kaum waren wir allein, sagte Friedrich-Wilhelm: »Ich weiß, daß Sie uns gesehen haben, obwohl Sie taten, als hätten Sie uns nicht bemerkt.«
Was hätte ich darauf antworten sollen? Ich schwieg. Das Engelchen brauchte ungefähr eine Viertelstunde, um den Mocca aufzugießen. Währenddessen berichtete mir der falsche Wilhelm, daß er die einzige, größte und letzte Liebe seines Lebens gefunden und sich entschlossen habe, dem Engelchen die Wahrheit zu sagen. Und zwar heute. »Deshalb habe ich dafür gesorgt, daß wir zu dritt sind. Ich bin ein Mensch mit Zartgefühl. Es wird ein harter Schlag für Engelchen sein, sie soll in dieser bitteren Stunde ihre beste Freundin zur Seite haben!«
Ich stand auf und wollte sofort weggehen, aber in diesem

Moment kam das Engelchen mit dem Tablett ins Zimmer. Ich setzte mich wieder.
Um es kurz zu machen, ich war noch nie bei einer Hinrichtung gewesen. Nun wurde ich Zeuge, wie er dem Engelchen »als Ehrenmann die Wahrheit« sagte. »Mein Entschluß ist unabänderlich, Engelchen. Aber du kannst beruhigt sein, ich werde selbstverständlich die Schuld auf mich nehmen und, was das Finanzielle betrifft, großzügig sein. Wir müssen uns nur über die juristischen Details einigen.«
Das Engelchen hielt sich wie ein Held. Sie wurde bleich bis in die Lippen, das war alles. Dann sagte sie: »Wer? Wer ist es?«
Als er den Namen genannt hatte, flüsterte das Engelchen: »Du bist verrückt geworden - die geht doch noch aufs Gymnasium!«
»Sie wird im Frühling siebzehn«, sagte der Ehrenmann. Und dann fiel der Todesstreich: »Ich kann es nicht ändern, ich habe eine Schwäche für Jugend!«
Das Engelchen bewies, daß sie jeder Situation gewachsen war, wenn es ums Ganze ging: sie bekam die silberne Moccakanne zu fassen und warf sie ihm, zitternd vor Wut, an den Kopf. Die kantige Schnauze traf ihn scharf über der Augenbraue, schwarzer Kaffeesud und hellrotes Blut tropften ihm übers Gesicht.
Ich glaube, ihre Eltern hätten sich gefreut.
Die Scheidung ging verhältnismäßig schnell über die Bühne. Madame Herma, die kleine Schauspielerin, und ich scharten uns um das trauernde Engelchen und sprachen ihr Mut zu. Aber wenn wir irgend etwas von »Zukunft« erwähnten, lachte das Engelchen hysterisch, sie war sechsundzwanzig, verblüht, passée, erledigt.
Sie hatte einen Alterskomplex bekommen. Sie trug nur

noch Dunkelgrau oder Lila, ging auch nicht mehr zum Friseur - für wen, wozu? - ihre Augen waren glanzlos geworden, und ihr Gesicht verwelkte. Es war zum Weinen. Ihr einziges Gesprächsthema war Friedrich-Wilhelm.
Sogar der lyrische Dichter, ein jahrelang getreuer Freund, begann ihr auszuweichen.
»Siehst du!« sagte sie triumphierend zu mir, »auch dem bin ich zu alt geworden!«
Wir redeten ihr zu, einen Psychoanalytiker aufzusuchen.
»Kann er mich jünger machen?« fragte das Engelchen spitz.
Herma meinte, die Zeit heilt alle Wunden. Aber bei Engelchen heilte nichts. Sie ging durch eine Cognac-Phase, eine Schlafmittel-Phase, sie ernährte sich von Keksen und Tee. Nur ihrer gesunden Jugend verdankte sie, daß sie das alles überstand. Dann kam eine neue Variante. Sie rief mich mitten in der Nacht an und sagte: »Entweder du kommst zu mir, oder ich spring aus dem Fenster.« Ich hatte ein neues Buch angefangen, und von meinem Privatleben will ich gar nicht reden. Was hätte ich tun sollen?
Schließlich hatten wir ja früher einmal miteinander Sandküchelchen gebacken.
Ich opferte meine Nächte. Aber auch die Tage gehörten kaum noch mir. Das Erstaunlichste war, daß das Engelchen in ihrem Schmerz viel weniger Schlaf brauchte als ich. Meistens kam ich erst im Morgengrauen heim, und wenn Nino - mein Privatleben - um sechs Uhr anrief, war ich vollständig verstört vor Müdigkeit.
Sobald ich den Hörer wieder hingelegt hatte, meldete sich Angela, allerdings ohne Fenstersprungdrohung und auch bloß, um lang und klagend ins Telefon zu weinen.
Im Oktober war mein Manuskript auf Seite sechzig. Als

der November zu Ende ging, war es auf Seite dreiundsechzig. Nino wurde jetzt rabiat und machte mir eine fürchterliche Szene: »Also schön, Männerfreundschaften lasse ich mir gefallen. Aber ihr Frauen, ihr lebt wohl alle auf einem anderen Stern!«
»Genau!« sagte ich. »Das ist der große Unterschied zwischen uns und euch. Das Anatomische kommt erst in zweiter Linie.«
Er ging nicht darauf ein.
»Dein Buch muß fertig werden! Hier schaffst du das nicht. Ergo: Du mußt verreisen. Abhauen. Einfach unerreichbar sein!«
Er setzte hinzu: »Was mich betrifft – ich bekomme dich ja kaum noch zu sehen, auch wenn du hier bist!«
Etwa verletzte Eitelkeit? Oder Fürsorge? Oder . . .!
So raffte ich mich auf und teilte Angela mit, daß ich nach Garmisch fahren würde.
»Wann?«
»In zwei Tagen! Ich muß an meinem Buch arbeiten. Hier habe ich nicht die Ruhe dazu!«
Das Engelchen sagte: »Ich komme mit! Hab keine Angst, ich schwöre dir, ich werde dich nicht stören! Wenn ich in Berlin bleibe, bring' ich mich um!« Bis jetzt hatte sie noch keinen Selbstmordversuch gemacht, aber er war eigentlich schon seit langem fällig.
Ich besprach die Situation mit Herma und der Schauspielerin, sie erklärten einstimmig: »Sie müssen sie mitnehmen!«
Ich schlug vor, daß eine von ihnen mitreisen und sich um das Engelchen kümmern sollte – aber die Schauspielerin hatte ein Engagement in Aussicht, und für Madame Herma stand das Weihnachtsgeschäft vor der Tür.

Und mein Buch? Auch ich hatte einen Beruf. »Das geht doch mit Leichtigkeit«, meinten die beiden.
Zum Schluß ging ich zu Engelchens Arzt und trug ihm das Problem vor.
»Fahren Sie allein«, sagte er, und ich atmete auf. Aber er setzte hinzu: »Falls Sie es mit Ihrem Gewissen vereinbaren können. Sie sind für diese arme Frau offensichtlich der letzte Halt!«
»Wenn sie nach Garmisch mitkommt, das wird ihr helfen? Sie sind sicher?«
»Es wird zumindest nicht ärger werden. Helfen?«
Der brave Doktor lächelte. »Können Sie ihr einen Mann herzaubern?«
Es muß meine Verzweiflung gewesen sein, die mir die Idee eingab.
»Ja«, sagte ich. »Das kann ich!«

Der abschüssige Hang funkelte in der Sonne, als wäre sein Weiß mit stahlblauen, orangefarbenen und gläsernen Splittern durchsetzt. Ich atmete den ersten, den eisig berauschenden Kuß des Winters ein.
Ein paar gefrorene Flocken fielen lautlos neben mir nieder und zerstäubten - ich sah auf, ein Eichhörnchen sprang von Ast zu Ast.
Das Hotel stand hoch oben, dicht beim See, mit Blick auf die glitzernden Zacken und Schrunden der Gebirgskette. Garmisch lag im Tal, man fuhr eine gute halbe Stunde mit dem Schlitten hinunter.
Bevor ich noch ausgepackt hatte, sagte ich zu Angela: »Ich muß ins Dorf zum Friseur - kommst du mit?«
Zum Friseur? Wozu, warum? Sie reagierte, wie ich erwartet hatte; sie kam nicht mit.

In der Blumenhandlung am Marktplatz gab ich den Auftrag, dem Engelchen zwei Wochen lang täglich einen Rosenstrauß zu schicken. Auch sonntags!
Am Sonntag geht es nicht, sagten sie. Aber als ich erklärte, es gäbe noch einen anderen Blumenladen, und da sich die Sache auf zweihundert Mark stellte, ging es auch am Sonntag.
»Die Dame wird sich sicher erkundigen, von wem die Blumen kommen. In dem Moment, in dem Sie Auskunft geben oder irgendeine Andeutung machen, sind die Rosen abbestellt. Ist das klar?«
Mit schön frisiertem Haar erschien ich wieder im Hotel. Der erste Strauß wurde am Nachmittag geliefert und machte überhaupt keinen Eindruck. »Es war keine Karte dabei«, sagte das Engelchen, »aber die Rosen sind sicher von den Mädels.« Herma war eine Vierzigerin und die Schauspielerin auch kein Kind mehr, doch bei Engelchen hießen sie die Mädels.
Sieben rote Rosen, das Engelchen steckte sie gleichgültig in eine Vase.
Die nächsten sieben Rosen kamen am folgenden Vormittag und waren hellgelb. Keine Karte dabei. »Komisch«, sagte das Engelchen und zog dabei ihre Stirn kraus.
Das dritte Mal waren die Rosen zart rosa.
Der nächste Strauß war bunt gemischt. Angela fuhr nach Garmisch zum Friseur. »Damit du dich nicht schämen mußt, wie zerzaust ich aussehe.«
Es wäre gelogen, wenn ich behaupten würde, daß das Engelchen nach achtundzwanzig Rosen wieder auflebte, aber sie war endlich an irgend etwas interessiert, auch wenn es nur das Rätseln war, das ihr die Blumen aufgaben. Ich konnte jetzt wenigstens in der Nacht ungestört am

Schreibtisch sitzen und arbeiten. Manchmal trat ich aus dem überheizten Zimmer auf den Balkon hinaus. Die Welt war stumm und schweigend, in Winter und Schnee versunken. Von der Alpspitze flimmerte eine winzige Laterne. Aber vielleicht war es auch ein Stern.
Wenn ich zu frieren begann, ging ich wieder hinein und versuchte mich daran zu erinnern, wie Apfelblüten aussehen. Mein Roman spielte im Frühling.
Jeden Nachmittag stapfte ich mit Angela durch den Wald zum Kramerplateau hinüber oder zum Antoniuskirchlein und hörte mir ihre melancholischen Betrachtungen über Friedrich-Wilhelm an. Mit klammen Händen, rotgefrorenen Nasen kamen wir ins Hotel zurück zur Zentralheizung, zu den Kristallchandeliers und den seidenbespannten Fauteuils.
Als der sechste Strauß abgegeben wurde, sagte Angela: »Wenn ich jünger wäre, würde ich glauben, daß diese Blumen von einem Anbeter sind!«
Es war mir gelungen, ich hatte es fertiggebracht. Für zweihundert Mark, im voraus bezahlt, hatte ich einen Mann hergezaubert.
Beim Abendessen – sie trug zwar ein resignierendes mausgraues Kleid, aber sie hatte sich die Lippen geschminkt – starrte das Engelchen Löcher in die Luft.
»Was ist los?« erkundigte ich mich.
»Friedrich-Wilhelm. Hat er mich je geliebt? Warum hat er mich geheiratet? Hältst du ihn für einen schlechten Charakter?«
Da es mir zu mühsam war, alle Fragen der Reihe nach zu beantworten, sagte ich: »Ist dir nicht aufgefallen, wie schnell er seine erste Frau abgehalftert hat? Er hat eine Vorliebe für Taufrische. Er hat dich geheiratet, weil du

zwanzig gewesen bist und er vierundvierzig. Er schätzt Altersunterschiede, je größer, desto besser. Jetzt ist er fünfzig und die neue Gattin siebzehn. Ich verspreche dir, wenn er sechzig ist, wird er sich über eine Dreizehnjährige hermachen, und dann kommt er ins Zuchthaus.«
Sie sah an meiner Schulter vorüber und schwieg. Ich hatte erwartet, daß meine Prognose sie erfreuen würde.
»Dreh den Kopf ein bißchen zur Seite«, sagte sie langsam, »und schau unauffällig nach links. Der einzelne Herr an dem Tisch beim Fenster . . .«
Er hatte graumeliertes Haar, ein soigniertes Gesicht und war dürr wie ein Stecken.
Dem Smoking nach schätzte ich ihn auf Bankier ein.
»Der gefällt dir?«
»Überhaupt nicht«, antwortete das Engelchen, ohne den Blick von ihm zu lassen. »Aber ich dachte bloß . . . die Rosen müssen doch von irgend jemand kommen!«
Sie wandte sich der Vorspeise zu - seit einigen Tagen hatte sie wieder Appetit - und erklärte mir: »Es sind nur drei einschichtige Männer im Hotel. Der eine davon ist ein Greis. Der andere parfümiert sich, ich hab es genau gerochen, als er an mir vorbeigegangen ist, der kommt also kaum in Betracht. Aber der beim Fenster könnte es durchaus sein.«
Ich wußte nicht, ob ich mich freuen sollte, mir war ein bißchen ungemütlich.
Das Bobrennen war das große Ereignis der Saison. Anschließend fand ein Ball im Hotel Post statt. »Ganz Garmisch wird dort sein«, versicherte das Engelchen. »Vielleicht wohnt er in einem anderen Hotel.« Ihre Gedanken beschäftigen sich ständig mit dem Mann, den es nicht gab. Sie setzte mir auseinander, daß sie am Vormittag unserer Ankunft, während ich beim Friseur gewesen war, allein in

der Halle gesessen hatte. »Er wird auf einem Spaziergang gewesen und hier eingekehrt sein – was meinst du? Die Rosen sind doch schon am ersten Nachmittag geschickt worden!«
Unser Hotelportier fand, wir könnten ruhig einen Tisch in der »Post« bestellen, eine Menge Damen kämen ohne Begleitung.
Wir gingen zum Ball. Angela im schlichten Schwarzen mit der Hermelinstola aus der Zeit des Glücks. Mir hatte meine Wirtschafterin als einzige Abendtoilette das tief dekolletierte Silberlamékleid und die langen, mattrosa Handschuhe eingepackt, ich war viel zu nackt, viel zu silbern, Angela kam gegen mein Geglitzer nicht auf. Ich wunderte mich nicht, daß schon nach ein paar Minuten ein hochgewachsenes, breitschultriges Prachtexemplar auf unseren Tisch zusteuerte, dem Engelchen als einzige Höflichkeit ein Kopfnicken gönnte, und vor mir eine Verbeugung machte. Es erstaunte mich jedoch, daß er sagte: »Was für eine Überraschung, Sie hier zu treffen! Sie erinnern sich doch, letztes Jahr in Köln . . .«
Ich hatte ihn nie vorher gesehen.
Wenn er ein dürftiges Bürschlein gewesen wäre, hätte ich ihm die Ausrede abgenommen, aber er war wahrhaftig nicht dürftig. Er sah großartig aus. Er hatte ein sonnengebräuntes Gesicht, lebenslustige Augen und einen hungrigen Mund.
Wir tanzten, und schon nach ein paar Schritten sagte der Lügner, der mich in Köln kennengelernt haben wollte: »Wissen Sie, daß ich damals ganz verliebt in Sie war?«
»Das ist doch alles erfunden!«
»Aber nein! Wirklich, es war voriges Jahr. Im Januar. Ich habe in der ersten Reihe gesessen!«

Er drückte mich eine Sekunde lang leicht an sich.
»Sie haben mich unentwegt angesehen - damals in Köln! Sie wollen es doch nicht ableugnen!«
Daß ich in Köln aus meinen Büchern vorgelesen hatte, stimmte. Plötzlich begriff ich, wovon er sprach. »Das hängt mit meinem Lampenfieber zusammen«, erklärte ich ihm. »Wenn ich das Publikum nicht ignoriere, würde ich kein Wort herausbringen. Ich klammere mich an irgendein Gesicht, und dem lese ich die Geschichte vor. Ich bin kurzsichtig. Falls ich Sie angesehen habe, waren Sie für mich bloß ein verschwommener Fleck. Wirklich, ich bin blind wie eine Fledermaus!«
Lügner war er keiner, aber unverschämt. Er beugte sich beim Tanzen ein wenig herunter und küßte mich auf die Schläfe.
»Sind Sie betrunken?«
»Nein!« sagte er. »Hat eine Frau wie Sie Minderwertigkeitsgefühle! Man muß keineswegs betrunken sein, um Sie zu küssen!«
In meinen Romanen war nie jemand um schlagfertige Antworten verlegen, ich dachte aber auch immer stundenlang nach, bis sie mir einfielen. Hier, im Ballsaal, fehlte mir die Zeit.
»Haben Sie wirklich schon mit zwanzig Jahren Ihr erstes Buch geschrieben? Ihr Parfüm verwirrt mich, es riecht wie Pfirsich in der Sonne. Schicken Sie die arme kleine Trauerweide weg, mit der Sie hier sind. Sie brauchen keine Gardedame, ich werde selber die ganze Nacht achtgeben, daß Sie nicht belästigt werden!«
Seine Hand auf meinem nackten Rücken hielt mich keineswegs beschützerisch, und meine Haut war damit einverstanden.

Daß er das Engelchen erwähnt hatte, war ein Glück, ich wurde sofort wieder nüchtern und erinnerte mich an meine Pflichten.

»Meine Freundin ist keine Trauerweide«, sagte ich. »Und klein ist sie auch nicht. Sie paßt in der Größe besser zu Ihnen als ich. Tanzen Sie doch mit ihr!«

»Ich bin ein Mensch ohne Manieren«, verkündete er mit einem strahlenden Lächeln. »Ich hätte mich schon längst vorstellen müssen. Ich heiße Justus Haran, wohnhaft in Köln, Alter sechsunddreißig. Haben Sie schon einmal von den Haran-Gußstahlwerken gehört? Ich bin hier, um mich von einer Mandeloperation zu erholen. Ist Ihnen meine heisere Stimme noch nicht aufgefallen? Ich kann nicht mit fremden Damen tanzen, ich bin noch äußerst schonungsbedürftig. Das trifft natürlich nicht auf Sie zu, wir kennen uns ja schon seit zehn Minuten.«

Ich tat das, was ich schon längst hätte tun sollen. Ich machte mich los, drehte mich um und ging. Er lief hinter mir her. »Also schön, ich werde mit ihr tanzen.«

Justus tanzte zweimal mit dem Engelchen, dann wieder mit mir. »Finden Sie mich jetzt sympathischer?« erkundigte er sich. »Kann ich Sie morgen wiedersehen! Und was bekomme ich für meine Ritterdienste?« Ich erklärte ihm, daß ich ständig arbeiten müsse, nie Zeit hätte, und nur Gigolos würden entlohnt.

»La belle Dame sans merci«, sagte er kopfschüttelnd.

Justus holte das Engelchen nochmals zum Tanz, und als die Musik pausierte, kamen sie nicht zum Tisch zurück. Ich sah mich um und entdeckte, daß sie an der Bar saßen und große Cognacgläser vor sich hatten.

Einer der Bobfahrer erschien, als die Kapelle von neuem einsetzte, und schleifte mich quer durch den Saal. Dann

trampelte mir der soignierte Herr aus unserem Hotel auf den Silberschuhen herum, jedesmal wenn er mich trat, sagte er: »Verzeihung«, das war die ganze Konversation, die er zu bieten hatte.
Das Engelchen saß allein am Tisch, als mich der Soignierte ablieferte.
»Dr. Haran läßt sich bei dir entschuldigen«, sagte sie. Ihre Wangen waren rosig angehaucht, vielleicht vom Cognac. »Er ist heimgegangen, er verträgt die rauchige Luft nicht.«
Ich wartete, ob noch etwas kam, Haran war nicht der Typ, der sang- und klanglos verschwand.
»Ich habe ihn für morgen zum Tee eingeladen«, sagte das Engelchen.
»Oh!«
»Das Oh kannst du dir schenken, ich bin keine Nymphomanin. Eigentlich hat er sich selbst eingeladen, ich konnte nicht nein sagen, es wäre beleidigend gewesen.«
Am nächsten Tag hatten das Engelchen und ich eine fürchterliche Zankerei, die um drei begann und bis um viertel nach Vier dauerte. Sie wollte um keinen Preis mit Justus Haran allein sein. »Ich bin sicher, daß meine Blumen von ihm stammen! Je länger ich nachdenke, desto überzeugter bin ich. Er ist genau der Kavalier, der wortlos Rosen schickt! Du mußt dabei sein, damit es zu keinem privaten Gespräch kommen kann!«
Er war der Kavalier, der weiße Orchideen schickte. Sie standen seit mittags in meinem Zimmer. Wo er sie aufgetrieben hatte, war ein Rätsel.
Tee in der Hotelhalle. Das Engelchen schenkte ein und sah süß und schüchtern aus. Ich hatte mein Haar glatt zurückgebürstet und mir nicht einmal die Lippen geschminkt, um Justus abzuschrecken.

Er saß da, die verkörperte Wohlerzogenheit, daß er mit die Zuckerdose reichte, fiel mir nicht weiter auf, als er dann noch den Löffel nahm, der auf meiner Untertasse lag, und ihn mir in die Hand gab, hätte ich ihm gern eine geklebt.
»Hier«, sagte er voller Sanftmut, »der Löffel! Was links von Ihrem Teller steht, ist der Toast. Sehen Sie gut genug, um sich selbst Butter darauf zu streichen?«
Er wandte sich an Angela. »Es muß peinlich sein, die Gesichter der Menschen nur als verschwommene Flecken zu sehen.« Dann zu mir: »Wenn ich mich schildern dürfte: ich habe grünlich-graue Augen und eine Narbe am Kinn. Wollen Sie hinfühlen?«
Ich starrte ihn bloß an. Er sagte zum Engelchen: »Ich bin als Kind gegen einen Marmorsockel gerannt. In unserem Park . . .«
Park, Marmorsockel, vom Gußstahl ganz zu schweigen. Nachdem er angebracht hatte, daß er aus reichem Haus stammte, betrachtete er mich wieder mit besorgtem Blick: »Ich frage mich ernsthaft, wieviel Wunderschönes Sie schon zeit Ihres Lebens aus Kurzsichtigkeit versäumt haben. Man müßte sich um Sie kümmern. Sonst gehen Sie tatsächlich eines Tages am großen Glück vorüber.«
Auch Angela trug ihr Teil zur Unterhaltung bei: »Herrliches Wetter haben wir! Ich habe den ganzen Vormittag auf dem Balkon in der Sonne gelegen.« Justus sagte: »Um sechs Uhr morgens war die Luft so kalt, daß mich jeder Atemzug geschmerzt hat wie ein Messerschnitt.«
Das Engelchen erkundigte sich, wieso er um diese Zeit schon wach gewesen sei.
»Ich hatte in München zu tun«, sagte er mit unschuldigem Gesicht. »Eine dringende Besorgung.«
Das war der Moment, wo ich etwas von Arbeit murmelte,

aufstand und in mein Zimmer zurückging: zu den weißen Orchideen aus München.
Justus, wie ich später vom Engelchen hörte, war »ein wirklich seriöser Mensch! Und dabei schüchtern. Stell dir vor, er hat nicht den Mut, sich zu beschweren, obwohl in seinem Hotel die Zentralheizung nicht funktioniert. Dabei ist ein ungeheizter Raum Gift für seinen Hals.«
Ich begriff. »Wann zieht er hier ein?« fragte ich.
»Morgen«, sagte das Engelchen ganz beglückt.

Manchmal sah ich ihn vormittags beinahe splitterfasernackt auf dem Balkon liegen und sich sonnen. Ein breitschultriges, sehr nobel gewachsenes Mannsbild, goldbraun von der Stirn bis zu den Zehen.
Daß er sich ins selbe Hotel einquartiert hatte, war nicht mehr zu ändern. Aber ich ließ ihn fühlen, wie unerwünscht seine Anwesenheit war. Ich kam nicht mehr in den Speisesaal, sondern ließ mir die Mahlzeiten im Zimmer servieren. Trotzdem war es nicht zu vermeiden, daß er mir immer wieder über den Weg lief. Dann grüßte er mit übertriebener Höflichkeit, bloß daß er mich dabei gründlich betrachtete und mir eindeutige Signale zulächelte.
Das Engelchen ahnte nichts und war mit eigenen Problemen beschäftigt.
Sie erschien ungebeten, aber ständig, in meinem Zimmer, um mir zu berichten und meine Meinung zu hören. Sie war mit Justus um zwei Uhr verabredet gewesen, er rief »Endlich!«, als sie um halb drei erschien. »Hältst du das für ein gutes Zeichen?« fragte das Engelchen. Ich sagte: »Ja. Ein anderer hätte höchstens zehn Minuten gewartet.« Aber Engelchen interessierte sich für das Wort »endlich«, sie wollte wissen, ob ich es für vielversprechend hielt.

»Engelchen«, sagte ich, »geh spielen. Zeig Justus, wie man Papierpuppen ausschneidet, oder bau mit ihm einen Schneemann!«

Sie verschwand, und ich vergrub mich wieder in den Frühlingsroman. Vor der Balkontür funkelten die Eiszapfen in der Sonne.

Eines Nachts schreckte ich aus tiefem Schlaf hoch, die Lampe an der Zimmerdecke war aufgeflammt, und Angela stand neben meinem Bett. Als sie fragte, welche Kleider sie sich aus Berlin nachschicken lassen solle, mußte ich sämtliche Sandküchelchen mit tausend multiplizieren, ehe ich einigermaßen freundlich sagen konnte: »Bist du verrückt geworden!«

Am Morgen drangsalierte sie mich von neuem, aber da hatte ich schon gefrühstückt und meine schlechte Laune überwunden. »Laß die alten Fetzen in Berlin«, sagte ich. »In Mausgrau und Lila siehst du aus wie kalte Spucke.«

Das Engelchen kaufte sich ein Winterdirndl mit einer himmelblauen Brokatschürze und einen Trachtenanzug. Eines Tages rief die Blumenhandlung an, daß die zweihundert Mark aufgebraucht seien. Ich erneuerte den Auftrag nicht, wozu anonyme Sträuße, wenn ein lebendiger Justus vorhanden war.

Das Engelchen schien keine Notiz davon zu nehmen, daß das Rosenwunder beendet war.

Die Tatkraft, die sie entwickelte, war rührend. Ganz zufällig fand sie sich plötzlich immer dort ein, wo Justus aufzutauchen pflegte.

Am späten Nachmittag, wenn die Sonne bereits untergegangen, aber die Hotelbar noch nicht offen war, suchte Justus meist das Schreibzimmer auf, wo die bequemsten Clubfauteuils standen, um dort Zeitungen zu lesen, Bör-

sennachrichten, Financial Time und was eben für Gußstahl wichtig war.
»Ich bin ganz harmlos vor dem Pult gesessen und habe dem Rechtsanwalt geschrieben, daß mir Friedrich-Wilhelm die heilige Apollonia zurückgeben muß – schließlich hab ich sie von meinem eigenen Geld gekauft –, da kam Dr. Haran, wahrscheinlich habe ich ganz verstört ausgesehen, und es hat sich einfach von selbst ergeben, daß ich ihm alles erzählt habe . . . Justus hat mich so lieb und nett getröstet!«
Er war im selben Atemzug Dr. Haran und Justus. Die Atmosphäre schien sich noch nicht ganz stabilisiert zu haben. Aber eines stand fest: Justus verbrachte viele Stunden mit dem Engelchen.
Ohne, wie sie mir mitteilte, zudringlich zu werden. »Er spricht viel von dir, hat sich erkundigt, wie lang wir uns schon kennen und wie dein Freund ist – findest du das nicht rührend? Alles, was mit mir und Berlin zusammenhängt, interessiert ihn. Man könnte glauben, er macht mir auf diskrete Weise den Hof.«
Mit mir war er weniger diskret. Als ich ihn zufällig im Dorf traf, zog er mir mitten auf dem Marktplatz die Fäustlinge aus, küßte meine Hände innen und außen, dann ließ er mich stehen und ging fort. Alles, ohne ein einziges Wort zu sagen.
Ich war empört. »Die Fäustlinge!« rief ich ihm nach. Er kam zurück, zog aus seiner Jackentasche die zusammengeknäulten Handschuhe. »Welchen brauchen Sie notwendiger, den rechten oder linken? Denn einen behalte ich!«
Ich wollte ihm beide entreißen. Er sagte: »Jetzt bekommen Sie überhaupt keinen«, und stopfte sie seelenruhig in die Tasche.

»Justus - bitte.«
»Sie sind geizig!« sagte er.
Wir sahen uns in die Augen und schwiegen.
Er erklärte unvermittelt: »Es ist noch Zeit! Sie können mich noch immer zurückpfeifen.« Dann drehte er sich um und ließ mich endgültig stehen.

Meine Haut erinnerte mich an seine Hand, und meine Hände an seinen Mund. Aber ich pfiff nicht. Am liebsten wäre ich sofort abgereist. Doch das hätte nach Flucht ausgesehen. Schließlich war ich eine Frau von dreiundzwanzig Jahren, das Geringste, was ich von mir verlangen konnte, war Haltung.
Ich beschloß, noch eine Woche über mich ergehen zu lassen. »Am zweiten Weihnachtsfeiertag fahre ich heim«, teilte ich Angela mit. Justus, der dabei war, warf ein, er bliebe bis Silvester.
Das Engelchen wurde blaß.
»Falls sich das Wetter hält«, setzte Justus noch hinzu. »Sonst reise ich früher.«
Angela warf mir einen drängenden Blick zu, aber ich mischte mich nicht ein. Ich hatte ihr in den Sattel geholfen, jetzt mußte sie selber zusehen, wie sie nun mit diesem goldbraunen Hengst zu Rande kam.
Das Wetter blieb schön.
Ich hatte erwartet, daß das Engelchen mich bestürmen, sich Rat holen und Pläne schmieden würde. Aber sie schwieg sich aus. Justus machte ausgedehnte Skitouren. Ich hatte keine Ahnung, wie es zwischen den beiden stand. Es interessierte mich auch nicht. Ich hatte genug damit zu tun, mich auf meine Arbeit zu konzentrieren. Ich vergaß sogar, an Nino zu schreiben. Er rief mich an, zuerst war er

ironisch, dann begann er zu toben. Ich versuchte ihn zu besänftigen, doch als er in der gleichen Tonart weitermachte, legte ich einfach den Hörer auf.
Das Engelchen ging seit neuestem mit einem unendlich zarten Lächeln herum. Aber ich fragte nichts, und sie sagte nichts.
Erst als der Heilige Abend kam, erkundigte sie sich bei mir: »Was schenkst du ihm?«
»Was ich Nino schenke?«
»Nein, Justus.«
»Nichts.«
»Aber falls er uns etwas gibt – müßte man nicht ein kleines Cadeau parat haben?«
»Er wird uns Blumen schicken. Dafür muß man sich nicht revanchieren.«
Das Engelchen blickte mich nachdenklich an. »Na schön. Ganz wie du meinst.«
Justus schickte jeder von uns drei Dutzend rote Rosen, meiner Schätzung nach den gesamten Vorrat der beiden Garmischer Blumenhandlungen.
Es war das übliche Hotel-Weihnachten, mit elektrisch beleuchteten Tannen in den Gesellschaftsräumen und Gala-Diner.
Justus hatte sich auf dem Schneeferner einen Sonnenbrand geholt und war in wehleidiger Stimmung. Oder das Christbaumgeglitzer machte ihn sentimental.
Jedenfalls trank er sehr viel Champagner. An den Austern aber kaute er herum, als wären sie in seiner Fabrik aus Gußstahl hergestellt worden. Die Tournedos Dauphinoise rührte er nicht an.
Er spielte mit dem blanken Besteck und stieß einen tiefen Seufzer aus.

»Was ist?« fragte ich mit größter Liebenswürdigkeit, obwohl mir nicht danach war, denn schließlich hatte er mich von weißen Orchideen auf rote Rosen, noch dazu im Duplikat, absinken lassen. »Wo tut es weh? Auf den Schultern, den Armen? Im Herzen? Sehnsucht nach Köln?«
»Mir fehlt nicht das Geringste«, erwiderte er düster. Er ließ eine neue Flasche Bollinger bringen, was richtig war, denn die erste hatte er ohnehin beinahe allein geleert.
Als die dritte Flasche auf dem Tisch stand, und ehe noch das Dessert serviert war, erhob er sich. »Entschuldigen Sie, ich will daheim anrufen und ein frohes Fest wünschen.« Er verschwand. Das Engelchen hatte glitzernde Augen, nicht vom Sekt, sondern als würde sie gleich in Tränen ausbrechen.
»Wen hat er daheim?« fragte ich.
»Seine Eltern?«
»Zwei Brüder. Die Eltern sind tot.«
»Rede dir jetzt bloß nicht ein, daß er ein verlassenes Waisenkind ist, das hungernd durch den Schnee irrt. Er ist sechsunddreißig Jahre, und es ist seine eigene Sache, wenn er keine Tournedos will.«
Ich hätte genausogut zum Tischtuch sprechen können. Das Engelchen nickte und war mit seinen Gedanken offensichtlich ganz woanders. Vielleicht in der Telefonzelle. Auch ich fragte mich im stillen, ob Justus mit den Brüdern sprach oder mit jemand anderem. Es war eigentlich anzunehmen, daß er in Köln eine Freundin hatte.
»Wie stehst du mit ihm?«
»Ich bin in ihn verliebt«, sagte das Engelchen. »Hast du das noch nicht bemerkt?«
Sie blinzelte, um die Tränen zurückzuhalten.
»Und er?«

»Ich weiß nicht«, sagte sie. »Das ist es eben. Ich weiß nicht, wie ich mit ihm dran bin.«
»Bis Silvester kann noch eine Menge geschehen.«
»Du irrst dich«, sagte das Engelchen. »Ich spür' genau, ich hab' nicht mehr viel Zeit!«
Sie wischte sich mit den Fingerspitzen die feuchten Lider ab.
»Du mußt dich zurechtmachen«, sagte ich. »Die Wimperntusche ist verschmiert.« Sie stand gehorsam auf und ging.
Als Justus zurückkam, war ich noch allein. Er benutzte die Gelegenheit, um mir mitzuteilen, daß er mir für meinen ferneren Lebensweg alles Gute wünsche. »Wer immer Sie morgen in Berlin erwartet, ist ein beneidenswerter Mann.«
»Ich fahre erst übermorgen«, korrigierte ich.
»Ich hoffe, Sie werden mit ihm weiterhin glücklich sein!« sagte er.
Es war ein höchst ungemütlicher Heiliger Abend. Das Engelchen rauschte frisch bemalt heran, sie hatte zwei winzige, nadelscharfe Fältchen neben den Mundwinkeln, und plötzlich erinnerte ich mich an ihr unschuldiges Kindergesicht, an den kleinen anbetenden Hirten mit Krummstab und Rauschebart.

Ich war an diesem Abend früh zu Bett gegangen. Am nächsten Vormittag, als ich Koffer packte, fiel mir ein, daß ich Angela einen Schal geborgt hatte.
Ich ging zu ihr hinüber, sie kam gerade aus dem Bad, bloßfüßig, in einen weißen Frotteemantel eingewickelt.
»Dein Schal? Ich glaube, er liegt im obersten Schubfach.«
Sie ließ den Bademantel fallen und betrachtete sich in dem großen Schrankspiegel.

»Für sechsundzwanzig Jahre eigentlich ganz nett«, sagte sie. »Findest du nicht auch?«
Noch nie hatte sie sich vor mir nackt gezeigt.
Sie schritt ungeniert durchs Zimmer, holte einen seidenen Morgenrock vom Haken und schlüpfte hinein.
»Justus«, sagte sie, »hat mir einen Heiratsantrag gemacht.«
»Wann?« fragte ich verblüfft.
Das Engelchen sagte schlicht: »Wie soll ich das wissen. Es war finster im Zimmer. Ich nehme an, es wird gegen vier oder fünf Uhr morgens gewesen sein.«
Ich konnte bloß die Augen aufreißen, was Angela mißverstand.
»Wahrscheinlich hältst du mich für berechnend! Aber für eine Frau in meinem Alter ist er der reinste Märchenprinz. Außerdem: auch er war einsam. Es hat sich alles beinahe von selbst ergeben!«
Sie hatten gestern noch die Flasche Bollinger ausgetrunken, anschließend ein paar Gläser Himbeergeist gekippt, aber dann waren sie zum Champagner zurückgekehrt.
»Ich dachte, der Alkohol wird Justus doch aufheitern, aber er wurde immer schwermütiger. Ich möchte ausdrücklich feststellen, daß er nicht betrunken war! Oder so gut wie kaum. Gegen elf hat er mich zu meinem Zimmer begleitet.«
»Und dann?«
Das Engelchen druckste ein bißchen herum. Auf dem Korridor, zwischen Tür und Angel, hatte er sie geküßt, zuerst sehr zart, dann mit beängstigender Glut. Als sie ihm zuflüsterte: »Wenn jetzt irgend jemand vorbeikommt . . .« hatte Justus geantwortete »Sie haben vollständig recht!«, war mit ihr ins Zimmer getreten und hatte die Tür hinter sich zugezogen.

»Ich schwöre dir«, sagte das Engelchen, »das war das letzte, was ich beabsichtigt hatte! Ich war restlos verlegen.«
Ich ermunterte sie nicht, weiter zu erzählen, aber sie brauchte keine Aufforderung.
»Ich wollte ihn ablenken! Und zeigte ihm alle Weihnachtsgeschenke, die ich bekommen hatte, die Bluse von Herma und die handgestickten Frühstücksservietten von meiner Masseuse und deinen Rauschgoldengel . . . Weißt du, warum er den ganzen Abend so verdüstert war? Weil ihm kein einziger Mensch was geschenkt hat! Rein gar nichts. Nicht einmal ein altes Zehnpfennigstück! Du kannst ruhig lachen, das ist mir egal. Du warst nicht dabei, du hast sein Gesicht nicht gesehen. Ich mußte ihm einfach eine Freude machen. Aber wo sollte ich um diese nachtschlafende Zeit ein Geschenk für ihn hernehmen!«
Angela errötete sanft. »Deshalb . . .«, sagte sie und verstummte. Sie lächelte mich an. »Was hätte ich ihm sonst geben können? Es war das einzige, was ich bei mir hatte . . .«
Wenn es wirklich ernst wurde, war das Engelchen jeder Situation gewachsen. Ja, das ist die Geschichte der glücklichen Ehe, die ich gestiftet habe.
Am Abend des 26. Dezember fuhr ich nach Berlin zurück. Sie begleiteten mich beide zum Bahnhof. Das Engelchen blieb - erschöpft - im Schlitten sitzen, aber Justus brachte mich bis ins Schlafwagenabteil.
»Leb wohl«, sagte er.
Dann zog er mich an sich und küßte mich.
Wir zitterten, als wir einander losließen.
Bei der Tür drehte er sich noch einmal um und warf mir stumm einen runden Wollball aufs Bett. Es war der zusammengerollte Handschuh. Nur einer.

Als ich wieder in Berlin war, trennte ich mich von Nino. Ich hätte nicht sagen können, warum – es war eben aus und vorbei und zu Ende . . .

Hugo Wiener

Fröhliche Weihnachten

Letztes Jahr am Weihnachtstag bekamen meine Frau und ich eine süße Weihnachtskarte.
Was, werden Sie fragen, kann an einer Weihnachtskarte süß sein? Ich werde es Ihnen sagen: Es war keine eigentliche Karte, es war ein Billett, und wenn man es aus dem Umschlag nahm und öffnete, ertönte ein Spielwerk und spielte zart und leise: »Stille Nacht, heilige Nacht.«
Meine Frau und ich waren gerührt. Im Zimmer verbreitete bereits der Weihnachtsbaum seinen Duft, darunter lagen die noch verpackten Geschenke, aus der Küche drang der Wohlgeruch der Weihnachtsbäckereien, und jetzt noch die erhebende Weise des »Stille Nacht, heilige Nacht«. Es herrschte eine richtige Weihnachtsstimmung im Zimmer, und meine Frau und ich erinnerten uns an die Zeit, in der die Weihnachtsbäume noch nicht aus Aluminium, sondern aus richtigem Plastik waren. Eben starteten ein paar Tränen, um aus meinen Augen zu rinnen, als die Melodie ein zweites Mal begann. Klar. Das Lied hatte ja zwei Verse. Mindestens. Nun begann sie ein drittes Mal. Also drei Verse. Denkste, sagt der Berliner, während der Wiener »Schnecken« sagt. Sie ertönte ein viertes, ein fünftes, ein sechstes Mal. Sie hörte nicht auf zu ertönen. Wir klappten das Billett zusammen und steckten es in den Umschlag –

sie ertönte. Wir nahmen es heraus und öffneten es - sie ertönte. Es wurde Mittag, Nachmittag, Abend sie ertönte noch immer. wir hatten uns vorgenommen, einmal am Weihnachtsabend allein zu sein, und wir waren auch allein. Allein mit dem Weihnachtsbillett. Wir standen unter dem Baum - stille Nacht, heilige Nacht. Wir aßen unseren Karpfen - stille Nacht, heilige Nacht. Meine Frau machte ein verkrampftes Gesicht, ich zitterte vor Nervosität - stille Nacht, heilige Nacht. Wütend sprang ich aus dem Bett, trug das Billett ins Vorzimmer, dachte, endlich wird Ruhe sein, aber kaum lag ich wieder im Bett, als meine Frau sagte: »Das hättest du nicht tun sollen.«
»*Was* hätte ich nicht tun sollen?« fragte ich.
»Die Karte ins Vorzimmer tragen. Schließlich haben wir Weihnachten.«
Ich stand also auf, holte die Karte wieder herein und legte sie auf meinen Nachttisch - stille Nacht, heilige Nacht. Ich legte sie auf den Nachttisch meiner Frau - stille Nacht, heilige Nacht. »Diese verfluchte Melodie!« zischte ich.
Meine Frau setzte sich im Bett auf. »*Was* hast du getan?« fragte sie entsetzt.
»Diese verflucht schöne Melodie«, korrigierte ich schnell.
»Dein Glück«, meinte meine Frau pikiert. »Weihnachten flucht man nicht, und was das Lied anbelangt, handelt es sich schließlich um eine Weise, welche überall mit dem tiefsten Gefühl aufgenommen wird. Sogar in Japan.«
Ich weiß nicht, wie meine Frau gerade auf Japan kam, aber ich wollte, das Billett wäre in Japan gewesen. Ich hätte es den Japanern gegönnt, als Revanche für den Wirtschaftskrieg, in den sie uns gestürzt haben. Aber ich hütete mich, etwas zu sagen. Stumm, mit offenen Augen, lagen wir da. Stille Nacht, heilige Nacht, zirpte es. »Vielleicht kann man

es abstellen«, meinte meine Frau endlich zögernd. Schnell sprang ich aus dem Bett, besah mir das Spielwerk - man konnte es *nicht* abstellen. Ich bastelte daran herum - es wurde von einer Batterie betrieben. »Dann kann es doch nicht mehr lange dauern«, meinte meine Frau beruhigt, »jede Batterie ist einmal aus.« Da die meisten Batterien bloß eine Dauer von acht Stunden haben, war auch ich dieser Ansicht. Die Batterie spielte bereits seit vierzehn Stunden - also was soll's? Ich ging wieder zu Bett - stille Nacht, heilige Nacht. Fünfzehn Stunden. Ich wälzte mich herum - sechzehn Stunden.

»Leg das Billett in eine Lade«, sagte meine Frau, »dann hören wir es nicht, haben es aber doch im Zimmer.« Flugs sprang ich wieder aus dem Bett, legte das Billett in eine Lade und legte mich wieder hin. Nun hörten wir nichts, konnten aber trotzdem nicht einschlafen. Es war plötzlich so still geworden. Nach einer halben Stunde sagte meine Frau: »Vielleicht sollten wir sie doch wieder -?«

Ich hatte nur darauf gewartet. Schnell sprang ich wieder aus dem Bett, nahm das Billett aus der Lade und legte es hin - stille Nacht, heilige Nacht. Als ich für kurze Zeit einschlief, hatte ich einen beängstigenden Traum. Eine Bande von Mafiosi raubte uns das Billett und verlangte für seine Herausgabe zehn Millionen Schilling. »Lassen Sie die Polizei aus dem Spiel«, warnte uns eine Stimme am Telefon, »geben Sie die Summe in kleinen Scheinen in einen Koffer und werfen Sie ihn um zwölf Uhr nachts von der Schwedenbrücke in die Donau.« Ich weigerte mich, dem Befehl zu folgen, und nahm den Kampf mit der Bande auf. Ich folgte ihr bis Japan, in Tokio stellte ich sie, nahm ihr das Billett ab und flog nach Hause. Überglücklich nahm meine Frau es in Empfang. Auch das Billett war glücklich, wieder bei uns zu sein. Dankbar für seine Errettung aus der Gewalt der Gangster, spielte es: Stille Nacht, heilige Nacht. Ich erwachte – das elende Machwerk spielte wirklich! Nun waren es bereits zwanzig Stunden, und die verdammte Batterie zeigte kein Zeichen von Müdigkeit. Außer mir, sprang ich wieder aus dem Bett. Ich schickte mich an, das Billett zu zerreißen.

»Untersteh dich!« rief meine Frau drohend. Sie hatte meine Absicht erraten. »Die Karte soll so lange spielen, solange es ihr gefällt.«

Das tat sie denn auch. Sie spielte, solange es ihr gefiel. Und es gefiel ihr lang. Wir lernten, mit dem Billett zu leben. Es wurde Ostern – stille Nacht, heilige Nacht. Pfingsten – stille Nacht, heilige Nacht. Wir fuhren auf Urlaub, um dem Billett zu entfliehen – wir hätten es mitnehmen sollen. Nach der ersten Woche war uns bang um ihm. Es fehlte uns. Wo immer wir waren, sprachen wir von ihm. Wird es noch spielen? Wir brachen den Urlaub ab und fuhren nach Hause. Ungeduldig wie die Kinder schlossen wir die Tür auf, stürzten ins Schlafzimmer – es spielte noch. Stille Nacht, heilige Nacht.

Es wurde Herbst – stille Nacht, heilige Nacht. Die Tage wurden kurz – stille Nacht, heilige Nacht. Der erste Schnee fiel vom Himmel – stille Nacht, heilige Nacht. Anfangs Dezember sagte ich zu meiner Frau: »Ich habe eine Idee. Wir laden für den Heiligen Abend ein paar Gäste ein und sobald die Kerzen am Baum brennen, bringe ich unser liebes Spielili herein und führe es vor.« Wir hatten unserem kleinen Liebling inzwischen den Namen »Spielili« gegeben. Meine Frau war einverstanden.

Der 24. Dezember kam heran. Wir hatten Robinsons, Goldmanns und Wronskys geladen. Alle kamen sie und

brachten ihre Geschenke. Robinsons brachten meiner Frau ein Fläschchen Parfüm und mir ein After-shave, Goldmanns brachten meiner Frau ein Fläschchen Parfüm und mir ein After-shave, während Wronskys meiner Frau ein Fläschchen Parfüm und mir ein After-shave brachten. Auch wir hatten Geschenke für unsere Gäste vorbereitet, und zwar bekam jede Dame ein Fläschchen Parfüm und jeder Herr ein After-shave.
»Und jetzt wartet«, sagte ich geheimnisvoll, »ich zeige euch ein Weihnachtswunder.« Ich eilte hinaus, brachte das Billett - es gab keinen Ton von sich. Die Batterie war zu Ende. Ein Jahr lang hatte sie gearbeitet - jetzt ließ sie mich im Stich. Die Gäste sahen mich verwundert an. Da stand ich mit einem Weihnachtsbillett in der Tür - das sollte ein Wunder sein?
Was blieb mir übrig? Ich sang mit voller Stimme: »Stille Nacht, heilige Nacht«, die anderen fielen ein, das Essen war gut, der Wein war ausgezeichnet, und so wurden es doch noch Fröhliche Weihnachten.

Eines weiß ich aber schon heute: Im nächsten Jahr, wenn der Briefträger die Weihnachtspost bringen wird, werden meine Frau und ich uns ansehen und werden denken: Ein so schönes Billett wie Spielili eines war, werden wir nie mehr bekommen.